CHARLES DICKENS
Am Kamin

CHARLES DICKENS

Am Kamin

Die Wintergeschichten

*Ausgewählt
von Marlies Juhnke*

*Aus dem Englischen
von Ulrike Seeberger*

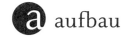

Als Textvorlage für diese Ausgabe diente Charles Dickens, *Complete Ghost Stories*, Wordsworth Editions Limited, Ware, Herfordshire.

Die Geschichte von den Kobolden, die einen Totengräber stahlen wurde von Christine Hoeppener übersetzt und erschien in Charles Dickens, *Die Pickwickier*, 2 Bände, Rütten & Loening, Berlin 1968.

Die sieben armen Reisenden und *Der Signalwärter* erschienen in Charles Dickens, *Der schwarze Schleier*. Neuentdeckte Meistererzählungen, © Aufbau Verlag GmbH & Co. KG, Berlin 2011.

ISBN 978-3-351-03544-0

Aufbau ist eine Marke der Aufbau Verlag GmbH & Co. KG

3. Auflage 2013
© Aufbau Verlag GmbH & Co. KG, Berlin 2013
Einbandgestaltung hißmann, heilmann, Hamburg
unter Verwendung eines Motivs von © Gianni Dagli Orti/Corbis
Satz LVD GmbH, Berlin
Druck und Binden CPI – Clausen & Bosse, Leck
Printed in Germany

www.aufbau-verlag.de

Die sieben armen Reisenden

Kapitel 1
In der alten Stadt Rochester

Genau genommen waren es nur sechs arme Reisende; aber da ich ebenfalls ein Reisender bin, wenn ich mich auch zur Ruhe gesetzt habe, und da ich so arm bin, dass ich nur hoffen kann, nicht ärmer zu werden, habe ich die Zahl auf sieben erhöht. Dieses Wort der Erklärung ist unbedingt notwendig, denn wie steht auf dem Schild über der zierlichen alten Tür?

RICHARD WATTS, Esquire
hat mit Testament vom 22. Aug. 1579
diese Wohltätige Einrichtung
für sechs arme Reisende gegründet,
die, wenn sie keine Schurken oder Verwalter sind,
hier gratis eine Nacht
Logis und gastliche Aufnahme
und Fourpence pro Kopf bekommen sollen.

Es war in dem uralten Städtchen Rochester in Kent, von allen Tagen im Jahr ausgerechnet an einem Heiligabend, als ich da stand und die Inschrift über der besagten zierlichen alten Tür las. Ich war in der benachbarten Kathedrale herumspaziert und hatte mir das Grabmal von Richard Watts angeschaut, aus dem das Bildnis des werten Herrn Richard wie eine Gallionsfigur an einem Schiff herausragte, und hatte das Gefühl, dass ich mich, nachdem ich dem Kirchendiener sein Scherflein gegeben hatte, unbedingt nach Watts' Wohltätiger Einrichtung erkundigen musste. Da der Weg dorthin sehr kurz und sehr einfach war, war ich auch glücklich bis zu der Inschrift und der zierlichen alten Tür gelangt.

Nun, sagte ich mir, während ich auf den Türklopfer blickte, weiß ich ja, dass ich kein Verwalter bin; ich frage mich, ob ich ein Schurke bin!

Obwohl mein Gewissen mir ein, zwei hübsche Gesichter vor Augen führte, für deren Reize ein moralischer Goliath weniger empfänglich gewesen wäre, als ich es gewesen war, der ich in dieser Hinsicht nur ein Däumling bin, kam ich doch insgesamt zu dem Schluss, kein Schurke zu sein. Also begann ich diese Einrichtung irgendwie auch als mein Eigentum anzusehen, das mir und verschiedenen Miterben zu gleichen Teilen von dem ehrwürdigen Herrn Richard Watts hinterlassen worden war, und trat einen Schritt auf die Straße zurück, um mein Erbe zu begutachten.

Ich stellte fest, dass es ein ordentliches weißes Haus von gesetztem und ehrwürdigem Aussehen war, mit der hier bereits dreimal erwähnten zierlichen alten Tür (in einem Türbogen), sehr hübschen kleinen, niedrigen Sprossenfenstern und einem Dach mit drei Giebeln. Die ruhige High Street von Rochester ist voll solcher Giebel, mit alten Balken und Querbalken, in die seltsame Gesichter geschnitzt sind. Sie wird merkwürdig von einer seltsamen alten Uhr geziert, die aus einem würdevollen Gebäude aus roten Backsteinen über den Gehsteig herausragt, als hätte die Zeit selbst hier ihre Geschäftsräume und hätte ihr Schild herausgehängt. Um der Wahrheit die Ehre zu geben, die Zeit hat hier in Rochester wirklich ein gutes Stück Arbeit geleistet, damals in den Tagen der Römer und der Sachsen und der Normannen und bis in die Zeit von König Johann hinein, als die raue Burg – ich werde gar nicht erst versuchen, zu erklären, wie viele Hunderte von Jahren sie damals alt war – verlassen und jahrhundertelang Wind und Wetter ausgesetzt war, die so an den dunklen Öffnungen in ihren Mauern genagt haben, dass die Ruine aussieht, als hätten ihr die Krähen und Dohlen die Augen ausgepickt.

Ich war sehr angetan, sowohl von meinem Eigentum als auch von seiner Lage. Während ich es mit wachsender Zufriedenheit musterte, erspähte ich an einem der oberen Sprossenfenster, das offen stand, eine ehrbare Gestalt von adretter und matronenhafter Erscheinung, deren Blick fragend auf mich gerichtet war. Sie erkundigte sich so schlicht: »Möchten Sie das Haus sehen?«, dass ich laut »Ja, bitte gern« antwortete. Und es war noch kaum eine Minute vergangen, als schon die Tür aufging und ich den Kopf einzog und zwei Stufen zum Eingang hinunterging.

»Hier«, sagte die matronenhafte Gestalt und führte mich in einen niedrigen Raum rechter Hand, »sitzen die Reisenden beim Kamin und kochen sich, was sie mit ihren Fourpence zum Abendessen kaufen.«

»Oh! Dann bekommen sie keine Bewirtung?«, fragte ich. Denn mir ging die Inschrift über der Tür durch den Kopf, und ich wiederholte sie im Stillen noch einmal wie eine Melodie: »Logis und gastliche Aufnahme und Fourpence pro Kopf«.

»Sie haben ja das Kaminfeuer«, erwiderte die Matrone, eine außerordentlich höfliche Frau, die, soweit ich das sehen konnte, nicht gerade übermäßig gut bezahlt wurde, »und diese Kochgerätschaften. Und das, was da auf dem Schild geschrieben steht, das sind die Regeln für ihr Verhalten hier. Sie bekommen ihre Fourpence, wenn sie sich beim Verwalter auf der anderen Straßenseite ihre Einlasskarte geholt haben – denn ich lasse sie nicht selbst ein, sie müssen erst ihre Einlasskarte holen –, und manchmal kauft sich einer ein Stück Speck und ein anderer einen Hering und ein anderer ein Pfund Kartoffeln oder was auch immer. Manchmal legen auch zwei oder drei von ihnen ihre Fourpence zusammen und machen sich so ihr Abendessen, wo doch im Augenblick die Lebensmittel so teuer sind.«

»Das stimmt wirklich«, sagte ich. Ich hatte mich im Zimmer umgesehen und bewunderte den gemütlichen Kamin am anderen Ende, von wo man aus dem niedrigen Fenster mit den Steinpfosten einen Blick auf die Straße erhaschen konnte, und die Balkendecke. »Das ist alles sehr angenehm«, sagte ich.

»Unbequem«, erwiderte die matronenhafte Gestalt.

Das hörte ich gern, denn es zeigte ein lobenswertes Bemühen, die Absichten von Master Richard Watts nicht gerade geizig auszulegen. Aber der Raum war wirklich für seine Zwecke so gut ausgestattet, dass ich ihrer abschätzigen Bemerkung recht begeistert widersprach.

»Nein, Madam«, sagte ich, »ich bin sicher, es ist im Winter warm und im Sommer kühl. Es wirkt gemütlich und einladend, ein wohltuender Ort zum

Ausruhen. Es hat einen bemerkenswert schönen Kamin, dessen Schein, wenn er an einem Winterabend auf die Straße fällt, ganz Rochester das Herz erwärmen könnte. Und was die Bequemlichkeit der sechs armen Reisenden angeht ...«

»Ich meinte doch nicht die«, erwiderte die matronenhafte Gestalt. »Ich rede von der Unbequemlichkeit für mich und meine Tochter, die wir abends kein anderes Zimmer haben, wo wir sitzen können.«

Das stimmte allerdings, aber es gab noch ein feines Zimmer von ähnlicher Größe auf der anderen Seite des Eingangs. Also trat ich hinüber und fragte durch die geöffneten Türen beider Räume, wofür denn dieser genutzt wurde.

»Das«, antwortete die Matrone, »ist das Besprechungszimmer. Wo sich die Herren zusammensetzen, wenn sie herkommen.«

Also, ich hatte von der Straße außer denen im Erdgeschoss noch sechs Fenster im Obergeschoss gezählt. Nachdem ich im Kopf eine erstaunte Berechnung angestellt hatte, erwiderte ich: »Also schlafen die sechs armen Reisenden oben?«

Meine neue Freundin schüttelte den Kopf. »Die schlafen«, sagte sie, »in zwei kleinen äußeren Galerien hinten, wo ihre Betten immer gestanden haben, seit die Wohltätige Einrichtung gegründet wurde. So unbequem, wie sich die Dinge für mich im Augenblick gestalten, werden die Herren wohl bald einen Teil des Hinterhofs nehmen und dort ein kleines Zimmer für sich einrichten, wo sie sitzen können, ehe sie zu Bett gehen.«

»Und dann sind die sechs armen Reisenden«, bemerkte ich, »völlig aus dem Haus?«

»Völlig aus dem Haus«, stimmte mir die matronenhafte Gestalt zu und rieb sich behaglich die Hände. »Was für alle Parteien wohl viel besser ist und viel bequemer.«

Mich hatte in der Kathedrale ein wenig die Bestimmtheit befremdet, mit der das Bildnis von Master Richard Watts aus seinem Grabmal hervorbarst, aber nun begann ich mir zu überlegen, dass man durchaus erwarten könnte, dass dieses Bildnis in einer stürmischen Nacht über die High Street kommen und hier Aufruhr verursachen könnte.

Wie dem auch sei, ich behielt diesen Gedanken für mich und begleitete die Matrone zu den kleinen Galerien hinten im Haus. Ich sah, dass sie winzig waren wie die Galerien in den alten Gasthöfen, und sie waren blitzsauber.

Während ich sie noch betrachtete, gab mir die Matrone zu verstehen, dass jeden Abend vom Anfang bis zum Ende des Jahres die vorgeschriebene Anzahl armer Reisender hierherkam und dass die Betten stets belegt waren. Unter meinen diesbezüglichen Fragen und ihren Antworten gelangten wir wieder zum Besprechungszimmer, das für die Würde »der Herren« so unverzichtbar war und wo sie mir die gedruckten Bilanzen der Wohltätigen Einrichtung zeigte, die beim Fenster hingen. Denen entnahm ich, dass der größere Teil des vom Ehrenwerten Master Richard Watts für die Aufrechterhaltung dieser Stiftung hinterlassenen Erbes zum Zeitpunkt seines Todes nichts als Sumpfland gewesen war, das aber im Laufe der Zeit trockengelegt und bebaut worden war und erheblich an Wert zugenommen hatte. Ich stellte ebenfalls fest, dass etwa der dreizehnte Teil der jährlichen Einkünfte für die in der Inschrift über der Tür bestimmten Zwecke verwendet wurde; der Rest wurde großzügig für Registergerichte, Rechtskosten, Geldeintreiber, Verwalter, Pfändungsgebühren und andere Verwaltungsanhängsel ausgegeben, die allesamt den sechs armen Reisenden höchst zuträglich waren. Kurz gesagt, ich machte die nicht völlig neue Entdeckung, dass man eine Einrichtung wie diese im lieben alten England mit der fetten Auster in einer amerikanischen Geschichte vergleichen kann; von der hatte anscheinend auch ein ganzer Haufen Leute sehr gut gelebt.

»Und bitte, Madam«, sagte ich, und ich war mir bewusst, dass sich meine Miene erhellte, als mir dieser Gedanke kam, »könnte ich einen dieser Reisenden sehen?«

»Nun!«, erwiderte sie unschlüssig, »nein!«

»Auch nicht heute Abend zum Beispiel?«, fragte ich nach.

»Nun!«, antwortete sie mit mehr Gewissheit, »nein. Niemand hat je darum gebeten, sie zu sehen, und niemand hat sie je gesehen.«

Da ich mich nicht so leicht von einem Plan abbringen lasse, wenn ich ihn einmal gefasst habe, drängte ich die gute Frau, es sei schließlich Heiligabend; Weihnachten sei nur einmal im Jahr – was leider nur zu wahr ist, denn wenn das ganze Jahr Weihnachten wäre, dann könnten wir diese Erde zu einem völlig anderen Ort machen; ich sei von dem Verlangen ergriffen, diesen Reisenden ein Abendessen und ein anständiges Glas heißen Weihnachtspunsch[*] zu spendieren; mein Ruhm erschalle laut im ganzen Land, weil ich meisterlich heißen Weihnachtspunsch braute; ich würde mich, wenn es mir denn gestattet sei, dieses Festmahl auszurichten, an die Regeln der Vernunft und Nüchternheit und an anständige

[*] Wassail, ein heißes Getränk aus Ale mit Wein, Zucker, Gewürzen und manchmal Obst.

Tageszeiten halten; mit einem Wort: ich selbst sei durchaus in der Lage, gleichzeitig fröhlich und weise zu sein, und könnte im Notfall dafür sorgen, dass dies auch anderen gelänge, und das, obwohl ich nie eine Medaille und einen Orden dafür bekommen hätte und weder ein Klosterbruder noch ein Volksredner noch ein Apostel noch ein Heiliger oder Prophet irgendeiner Religion sei. Schließlich setzte ich mich zu meiner großen Freude durch. Es wurde abgemacht, dass um neun Uhr an jenem Abend ein Truthahn und ein Roastbeef auf dem Tisch dampfen sollten und dass ich heute als der schwache und unwürdige Vertreter von Master Richard Watts dem Weihnachtsmahl der sechs armen Reisenden als Gastgeber vorsitzen sollte.

Ich ging zu meinem Gasthaus zurück, um die nötigen Anweisungen für den Truthahn und das Roastbeef zu geben, und den ganzen restlichen Tag über konnte ich mich auf nichts so recht konzentrieren, weil ich immer an die armen Reisenden denken musste. Wenn der Wind hart gegen das Fenster stürmte – es war ein kalter Tag, und dunkle Graupelschauer wechselten sich mit Zeiten wilder Helligkeit ab, als stürbe der Tag unter Zuckungen –, stellte ich mir vor, wie sie auf verschiedenen kalten Straßen ihrer Schlafstätte zustrebten, und war entzückt bei dem Gedanken, wie wenig sie vorausahnten, was für ein Abendessen sie dort erwartete. Ich malte mir in Gedanken ihre Porträts aus und gönnte mir hier und da ein bisschen schmückendes Beiwerk. Ich gab ihnen wehe Füße, ich machte sie hundemüde, ich ließ sie Pakete und Bündel schleppen, ich ließ sie an Wegweisern und Meilensteinen stehenbleiben und, auf ihre krummen Stöcke gestützt, nachlesen, was dort geschrieben stand, ich ließ sie in die Irre gehen, und ich füllte ihre fünf Sinne mit der Vorahnung, vielleicht die ganze Nacht draußen liegen und erfrieren zu müssen. Ich nahm meinen Hut, ging nach draußen und stieg bis oben auf die alte Burg, schaute über die windgepeitschten Berge, die sich zum Medway hinabsenken, beinahe in dem Glauben, ich könnte in der Ferne schon einige meiner Reisenden ausmachen. Nachdem es dunkel geworden war und man die Glocke der Kathedrale in der nun unsichtbaren Kirchturmspitze – als ich sie das letzte Mal erblicken konnte, eine Art Laube aus frostigem Raureif – fünf, sechs, sieben schlagen hörte, da war ich so voller Gedanken an meine Reisenden, dass ich nichts essen konnte und mich gezwungen sah, sie auch noch in den rotglühenden Kohlen meines Feuers zu beobachten. Um diese Zeit sollten sie schon alle eingetroffen sein, hatten ihre

Einlasskarten und waren ins Haus gegangen. Da wurde mein Vergnügen nur durch die Überlegung gestört, dass vielleicht einige Reisende zu spät gekommen waren und man sie ausgesperrt hatte.

Als die Glocke der Kathedrale acht geschlagen hatte, konnte ich ein köstliches Aroma von Truthahn und Roastbeef riechen, das zum Fenster meines angrenzenden Schlafzimmers hinaufstieg, welches an genau der Stelle auf den Hof des Gasthauses hinausging, wo die Lichter der Küche ein großes Teilstück der Burgmauer beleuchteten. Jetzt war es höchste Zeit, meinen Weihnachtspunsch zu brauen; ich hatte die Zutaten beisammen (die ich nebst ihrem Verhältnis und ihrer Mischung mitzuteilen mich weigern muss, da sie mein einziges Geheimnis sind, das ich je wahren konnte) und bereitete ein herrliches Gebräu. Nicht in einer Schüssel, denn eine Schüssel ist, wenn sie nicht auf dem Regalbrett steht, eine Sache, die einen sehr ängstlich machen kann, da sie doch dazu neigt, schnell abzukühlen und überzuschwappen, sondern in einem braunen Tonkrug, der am oberen Ende, sobald er gefüllt war, mit einem groben Tuch zugedeckt wurde. Da es nun beinahe Schlag neun war, machte ich mich auf zu Watts' Wohltätiger Einrichtung, meine braune Schönheit in den Armen tragend. Ben, dem Kellner, würde ich

Unsummen von Gold anvertrauen, aber es gibt Saiten in eines Menschen Herzen, die nie ein anderer anrühren darf, und in meinem Herzen sind die von mir gebrauten Getränke diese Saiten.

Die Reisenden waren alle versammelt, das Tischtuch war aufgelegt, und Ben hatte ein großes Holzscheit mitgebracht und so kunstreich auf das Feuer geschichtet, dass ein, zwei Berührungen mit dem Schüreisen uns nach dem Abendessen im Nu ein loderndes Feuer bescheren würden. Nachdem ich meine braune Schönheit in einer warmen Ecke des Kamins, innerhalb des Kamingitters, abgestellt hatte, wo sie alsbald zu zirpen begann wie eine zarte Grille und gleichzeitig die Aromen reifer Weinberge, würziger Wälder und herrlicher Orangenhaine verströmte – wie gesagt, nachdem ich meine Schönheit so abgestellt hatte, dass ihre Sicherheit und ständige Verbesserung garantiert war, machte ich mich mit meinen Gästen bekannt, indem ich ringsum Hände schüttelte und sie herzlich willkommen hieß.

Die Gesellschaft setzte sich folgendermaßen zusammen. Erstens ich. Zweitens ein außerordentlich ehrbarer Mann mit dem rechten Arm in der Schlinge, von dem ein gewisser angenehmer Holzgeruch ausging, aus dem ich schloss, dass er etwas mit Schiffsbau zu tun hatte. Drittens ein kleiner Leichtmatrose, fast ein Kind noch, mit einem üppigen dunklen Haarschopf und tiefen, beinahe weiblich aussehenden Augen. Viertens ein schäbiger, aber vornehmer Herr in einem fadenscheinigen schwarzen Anzug und offenbar in sehr schlechten Umständen, der einen leicht starren, misstrauischen Blick hatte; die fehlenden Knöpfe an seiner Weste waren durch rotes Band* ersetzt, und ein Bündel außerordentlich zerfetzter Papiere sah aus einer inneren Brusttasche hervor. Fünftens ein Mann, der im Ausland geboren war, aber Englisch sprach, sein Pfeifchen im Hutband trug und keine Zeit verlor, mir in leichten, schlichten und einnehmenden Worten zu erzählen, er sei ein Uhrmacher aus Genf, der zumeist zu Fuß über den gesamten Kontinent reiste und sich als Geselle verdingte und neue Länder sah – und vielleicht (dachte ich) auch ab und zu die eine oder andere Uhr schmuggelte. Sechstens eine kleine Witwe, die einmal sehr hübsch gewesen war und noch recht jung sein musste, deren Schönheit aber ein großes Unglück zerstört hatte und die erstaunlich schüchtern, ängstlich und zurückhaltend schien. Siebtens und letztens ein Reisender von der Art, wie sie mir aus meiner Kindheit vertraut, heute aber beinahe ausge-

* Rotes Band wurde zum Bündeln offizieller Rechtsdokumente verwendet, eine Anspielung auf den Beruf des heruntergekommenen Herrn.

storben ist – ein Hausierer, der mit Büchern handelte und eine Reihe von Pamphleten und Gedichtbänden bei sich führte und der sich gleich brüstete, er könne an einem Abend mehr Verse aufsagen, als er in einem ganzen Jahr verkaufte.

Alle diese Personen habe ich in der Reihenfolge genannt, wie sie später am Tisch saßen. Ich führte den Vorsitz, und die matronenhafte Gestalt saß mir gegenüber. Wir nahmen unverzüglich Platz, denn das Abendessen war zusammen mit mir in der folgenden Prozession eingetroffen:

Ich selbst mit dem Krug.

Ben mit Bier.

Ein unachtsamer Junge mit gewärmten Tellern. Ein weiterer unachtsamer Junge mit gewärmten Tellern.

Der Truthahn.

Ein weibliches Wesen, das die Soßen trug, die vor Ort erhitzt werden sollten.

Das Roastbeef.

Ein Mann mit einem Tablett auf dem Kopf, auf dem sich Gemüse und verschiedene andere Beilagen befanden.

Ein freiwilliger Knecht aus dem Gasthaus, der grinste und keinerlei Hilfe war.

Während wir wie ein Komet durch die High Street jagten, zogen wir einen langen Schweif von Düften hinter uns her, so dass die Leute stehenblieben und verwundert schnupperten. Wir hatten zuvor an der Ecke des Wirtshaushofes einen schielenden jungen Mann zurückgelassen, der etwas mit der Expressabteilung zu tun hatte und mit der Eisenbahnpfeife vertraut war, die Ben stets in der Tasche mit sich trug, und der die Anweisung hatte, sobald er diese Pfeife hörte, in die Küche zu flitzen, sich den heißen Plumpudding* und die Mince Pies** zu schnappen und sie eilends zu Watts' Wohltätiger Einrichtung zu bringen, wo sie (wurde ihm weiterhin mitgeteilt) von dem weiblichen Wesen mit der Soße entgegengenommen würden, die Brandy zum Übergießen und Flambieren habe.

All diese Dinge wurden genau wie verabredet und äußerst pünktlich ausgeführt. Nie habe ich einen feineren Truthahn, ein feineres Roastbeef oder eine so verschwenderische Fülle von allerlei Soßen gesehen; und meine Reisenden wurden allem, was man ihnen vorsetzte, wunderbar gerecht. Mein Herz freute sich, als ich sah, wie ihre von Wind und Frost verhärteten Gesichter beim Klappern der Teller, Messer und Gabeln weicher wurden und im Schein des Feuers und

* Eine Art Serviettenkloß mit Nierentalg, Nüssen und Trockenfrüchten, der vor allem zu Weihnachten, mit Brandy flambiert, serviert wird.
** Kleine Mürbeteigpasteten, mit einer gehackten, gewürzten Fruchtmischung gefüllt.

der Hitze der Mahlzeit immer milder dreinschauten. Während ihre Hüte und Mützen und Umhänge an Haken an der Wand, ein paar kleine Bündel auf dem Boden in einer Ecke und drei oder vier unten schon völlig ausgefranste Wanderstöcke in einer anderen Ecke dieses gemütliche Zimmers wie mit einer goldenen Kette mit der unwirtlichen Außenwelt verbanden.

Als das Abendessen vertilgt war, wurde meine braune Schönheit auf den Tisch gehoben, und ich wurde allgemein gebeten, »die Kaminecke zu nehmen«; was mir mehr als deutlich machte, wie sehr meine Freunde hier das Kaminfeuer zu schätzen wussten – denn seit den Tagen, als ich Ecken noch mit Little Jack Horner[*] in Verbindung brachte, hatte ich nicht mehr so ehrfürchtig von ihnen sprechen hören. Als ich jedoch ablehnte, zog Ben, der sämtliche Instrumente der Geselligkeit zur Vollkommenheit spielt, den Tisch zur Seite und bat alle meine Reisenden, sich rechts und links von mir hinzusetzen und so einen Halbkreis um das Kaminfeuer zu bilden, in dessen Mitte ich mit meinem Stuhl saß, wobei sie die Sitzordnung beibehielten, die wir bei Tisch gehabt hatten. Er hatte bereits auf seine ruhige

---

[*] Little Jack Horner sat in a corner... (Der kleine Jack Horner saß in der Ecke) ist ein sehr bekannter Kinderreim.

Art den beiden unachtsamen Jungen diese oder jene Ohrfeige verpasst, bis er sie unmerklich aus dem Raum befördert hatte, und dann hatte er nach einem kleinen Scharmützel mit dem weiblichen Wesen mit den Soßen auch sie auf die High Street bugsiert, verschwand selbst ebenfalls und schloss leise die Tür hinter sich.

Jetzt war die Zeit gekommen, den Schürhaken beim Holzscheit in Aktion zu bringen. Ich klopfte dreimal darauf, als wäre es ein verzauberter Talisman, und schon brach eine leuchtende Heerschar von fröhlich Feiernden hervor und flog den Kamin hinauf – nicht ohne zuvor noch einen feurigen Ländler zu tanzen – und verschwand auf Nimmerwiedersehen. Inzwischen füllte ich im flackernden Licht, das unsere Lampen in den Schatten stellte, die Gläser und reichte sie meinen Reisenden – Weihnachten, Heiligabend, meine Freunde, als die Hirten, die auf ihre Art auch nur arme Reisende waren, den Chor der Engel singen hörten: »Friede auf Erden. Und den Menschen ein Wohlgefallen!«

Ich weiß nicht, wer von uns der Erste war, der meinte, wir sollten einander an den Händen fassen, während wir dasaßen, oder ob einer von uns es den anderen voraustat, um dem Trinkspruch alle Ehre zu tun, jedenfalls machten wir es. Und dann tranken wir auf das Andenken des guten Master Richard Watts. Und ich wünschte, dass sein Geist unter diesem Dach niemals schlechter behandelt wurde als damals von uns.

Es war die Zauberstunde für das Geschichtenerzählen gekommen. »Unser ganzes Leben, liebe Reisende«, sagte ich, »ist eine Geschichte, die mehr oder weniger verständlich ist, im Allgemeinen eher weniger; aber wir werden sie in klarerem Licht lesen können, wenn sie einmal zu Ende ist. Ich jedenfalls bin heute Abend so zwischen Dichtung und Wahrheit hin und her gerissen, dass ich kaum weiß, was das eine und was das andere ist. Soll ich uns die Zeit vertreiben, indem ich eine Geschichte erzähle, während wir hier sitzen?«

Sie antworteten alle mit Ja. Ich hatte ihnen nicht viel zu erzählen, aber ich war ja durch meinen eigenen Vorschlag gebunden. Deswegen schaute ich erst eine Weile auf die dampfende Spirale, die sich aus meiner braunen Schönheit in die Luft kräuselte und durch die ich, ich hätte es beinahe schwören können, das Bildnis des Master Richard Watts, wesentlich milder gestimmt als sonst, sehen konnte, und dann legte ich los.

Kapitel 2
Die Geschichte von Richard Doubledick

Im Jahre 1799 kam ein Verwandter von mir zu Fuß in diese Stadt Chatham gehumpelt. Ich sage in diese Stadt, denn wenn jemand von den Anwesenden haargenau weiß, wo Rochester aufhört und wo Chatham anfängt, dann hat er mir einiges voraus. Mein Verwandter war ein armer Reisender, der keinen Viertelpenny in der Tasche hatte. Er saß in genau diesem Zimmer hier am Feuer und schlief eine Nacht in einem Bett, das heute Nacht von jemandem aus dieser Gesellschaft hier belegt wird.

Mein Verwandter kam nach Chatham, um sich hier bei einem Kavallerieregiment anwerben zu lassen, falls ihn ein Kavallerieregiment haben wollte; wenn nicht, dann um König Georges Shilling von jedem Korporal oder Sergeanten zu nehmen, der ihm eine Kokarde an den Hut heften würde.[*] Seine Absicht war, rasch erschossen zu werden; aber er hatte sich überlegt, dass er genauso gut in den Tod reiten könnte, als sich die Mühe des Marschierens zu machen.

Der Taufname meines Verwandten war Richard, aber besser war er als Dick bekannt. Seinen Nach-

---

[*] Bei der Anwerbung erhielt im 18. und 19. Jahrhundert der angeworbene Soldat den »Shilling des Königs« und eine Kokarde als »Rekrutierungsgeschenk«.

namen hatte er unterwegs fallenlassen und sich den Zunamen Doubledick zugelegt. Er wurde also als Richard Doubledick geführt, Alter: zweiundzwanzig, Größe: fünf Fuß zehn Zoll, Geburtsort: Exmouth, in dessen Nähe er sein ganzes Leben lang nicht einmal gekommen war. Es gab aber in Chatham keine Kavallerie, als er mit je einem halben Schuh an den staubigen Füßen über die Brücke hier gehumpelt kam, und so ließ er sich bei einem Regiment der Linientruppen anwerben und war es froh, sich zu betrinken und alles zu vergessen.

Sie müssen wissen, dass dieser Verwandte von mir ganz in die Irre gegangen war und ein sehr zügelloses Leben geführt hatte. Er trug das Herz am rechten Fleck, aber es war völlig verhärtet. Er war mit einer braven und wunderschönen jungen Frau verlobt gewesen, die er mehr geliebt hatte, als sie – oder vielleicht sogar er – geglaubt hätte; aber in einer bösen Stunde hatte er ihr guten Grund gegeben, feierlich zu ihm zu sagen: »Richard, ich werde niemals einen anderen Mann heiraten. Ich werde um deinetwillen ledig bleiben, aber Mary Marshalls Lippen« – sie hieß Mary Marshall – »werden auf Erden nie wieder ein Wort an dich richten. Und jetzt geh, Richard! Möge der Himmel dir verzeihen!« Das hat ihn vollends erledigt. Das hat ihn hierher nach Chatham gebracht.

Das hat aus ihm den Gemeinen Richard Doubledick gemacht, der sich rasch erschießen lassen wollte.

In den Kasernen von Chatham gab es im Jahre 1799 keinen liederlicheren und leichtsinnigeren Soldaten als den Gemeinen Richard Doubledick. Er trieb sich mit dem Abschaum jedes Regimentes herum, er war so selten nüchtern, wie es nur ging, und er wurde ständig wegen irgendetwas bestraft. Bald war der gesamten Kaserne klar, dass der Gemeine Richard Doubledick in naher Zukunft sicherlich auch ausgepeitscht werden würde.

Nun war der Hauptmann von Richard Doubledicks Kompanie ein junger Herr, der kaum fünf Jahre älter war als er und dessen Augen einen Ausdruck hatten, der auf den Gemeinen Richard Doubledick eine bemerkenswerte Wirkung ausübte. Es waren strahlende, schöne, dunkle Augen – das, was man im Allgemeinen als lachende Augen bezeichnet, und selbst wenn sie ernst blickten, so waren sie eher ruhig als streng –, aber es waren die einzigen Augen in seiner eingeengten Welt, die der Gemeine Richard Doubledick überhaupt nicht ertragen konnte. Völlig unbeeindruckt von schlechten Berichten und Strafen, allem und jedem trotzig die Stirn bietend, musste er nur wissen, dass ihn diese Augen kurz anblickten, und schon schämte er sich. Er konnte

Hauptmann Taunton nicht einmal auf der Straße grüßen wie jeden anderen Offizier. Die bloße Möglichkeit, dass der Hauptmann ihn ansehen könnte, war ihm ein Vorwurf, verwirrte und bestürzte ihn. In seinen schlimmsten Zeiten wäre er lieber umgekehrt und hätte jeden Umweg auf sich genommen, als diesen beiden schönen dunklen strahlenden Augen zu begegnen.

Eines Tages, als der Gemeine Richard Doubledick aus der Arrestzelle kam, in der er die letzten achtundvierzig Stunden gesessen hatte und in deren Abgeschiedenheit er einen guten Teil seiner Zeit verbrachte, wurde ihm befohlen, sich in Hauptmann Tauntons Quartier zu begeben. In dem matten und schmutzigen Zustand eines gerade aus dem Arrest entlassenen Mannes stand ihm der Sinn weniger denn je danach, vor dem Hauptmann zu erscheinen, aber er war noch nicht so verrückt, dass er Befehle verweigert hätte, und ging folglich zu der Häuserreihe hinauf, die oberhalb des Exerzierplatzes lag und wo die Offiziere untergebracht waren; während er dahin lief, drehte und wendete er in den Händen einen Strohhalm, der zum schmückenden Mobiliar der Arrestzelle gehört hatte.

»Kommen Sie herein!«, rief der Hauptmann, nachdem Richard mit den Fingerknöcheln an die

Tür geklopft hatte. Der Gemeine Richard Doubledick nahm die Mütze vom Kopf, tat einen Schritt vor und war sich sehr deutlich bewusst, dass er im Blickfeld der dunklen strahlenden Augen stand.

Eine stumme Pause folgte. Der Gemeine Richard Doubledick hatte den Strohhalm in den Mund gesteckt, wo er ihm, auf die Hälfte gefaltet, in die Luftröhre geriet und ihn beinahe erstickt hätte.

»Doubledick«, sagte der Hauptmann, »wissen Sie, wo Sie hingehen?«

»Zum Teufel, Sir?«, erwiderte Doubledick zögernd.

»Ja«, antwortete der Hauptmann. »Und zwar sehr schnell.«

Der Gemeine Richard Doubledick wendete den Strohhalm aus der Arrestzelle im Mund und brachte nur ein jammervolles zustimmendes Grunzen hervor.

»Doubledick«, sagte der Hauptmann, »seit ich als Junge von siebzehn Jahren in den Dienst Seiner Majestät getreten bin, habe ich zu meinem Bedauern manch einen vielversprechenden Mann diesen Weg einschlagen sehen, aber nie hat es mir solche Schmerzen bereitet, jemanden diese schändliche Reise antreten zu sehen, wie bei Ihnen, seit Sie zum Regiment gestoßen sind.«

Der Gemeine Richard Doubledick bemerkte, wie sich ein Schleier über den Boden breitete, auf den er schaute; er merkte auch, dass die Beine am Frühstückstisch des Hauptmanns krumm wurden, als sähe er sie durch Wasser.

»Ich bin nur ein gemeiner Soldat, Sir«, meinte er. »Es ist nicht von Bedeutung, was aus so einem armen Hund wird.«

»Sie sind ein Mann«, erwiderte der Hauptmann mit ernster Entrüstung, »von einiger Bildung und hervorragenden Eigenschaften; und wenn Sie das sagen und meinen, was Sie sagen, dann sind Sie schon tiefer gesunken, als ich geglaubt hätte. Wie tief das sein muss, das lasse ich Sie selbst beurteilen nach allem, was ich über Ihre Schande weiß und was ich hier vor mir sehe.«

»Ich hoffe, dass ich bald erschossen werde, Sir«, sagte der Gemeine Richard Doubledick, »und dann sind das Regiment und die Welt insgesamt mich los.«

Die Tischbeine wurden nun sehr krumm. Doubledick, der aufblickte, um sich zu beruhigen, schaute in die Augen, die einen so starken Einfluss auf ihn hatten. Er hielt sich die Hand vor Augen, und die Brust in seiner Strafjacke schwoll ihm so an, dass er meinte, es müsste sie zerreißen.

»Es wäre mir lieber«, sagte der junge Hauptmann, »etwas Gutes in Ihnen zu sehen, als dass ich hier auf diesem Tisch fünftausend Guineas als Geschenk für meine liebe Mutter sähe. Haben Sie eine Mutter?«

»Ich bin dankbar, dass ich sagen kann, sie ist tot, Sir.«

»Wenn Ihr Lob«, erwiderte der Hauptmann, »im ganzen Regiment von Mund zu Mund erschallte, im ganzen Heer, im ganzen Land, dann würden Sie sich wünschen, sie hätte es erlebt und könnte voller Stolz und Freude sagen: ›Das ist mein Sohn.‹«

»Verschonen Sie mich, Sir«, sagte Doubledick. »Sie hätte niemals etwas Gutes über mich gehört. Sie hätte niemals Stolz und Freude dabei empfunden, sich als meine Mutter zu bekennen. Liebe und Mitgefühl, das hat sie vielleicht empfunden und würde es auch weiter empfinden, das weiß ich, aber nicht – verschonen Sie mich, Sir! Ich bin ein gebrochener, unglücklicher Mann und Ihnen ganz preisgegeben!« Und er drehte sein Gesicht zur Wand und erhob flehentlich die Hand.

»Mein Freund«, hub der Hauptmann an.

»Gott segne Sie, Sir!«, schluchzte der Gemeine Richard Doubledick.

»Sie befinden sich an einem Wendepunkt Ihres Schicksals. Wenn Sie Ihren Weg noch eine Weile unverändert weiterverfolgen, dann wissen Sie, was geschehen muss. Ich weiß sogar besser, als Sie sich vorstellen können, dass Sie danach verloren sind. Kein Mann, der solche Tränen vergießt, könnte diese Striemen ertragen.«

»Das glaube ich Ihnen vollkommen, Sir«, antwortete der Gemeine Richard Doubledick mit leiser, bebender Stimme.

»Aber ein Mann kann in jeder Position seine Pflicht tun«, fuhr der junge Hauptmann fort, »und dabei kann er Respekt vor sich selbst erwerben, auch wenn sein Fall so unglücklich und so sehr selten sein sollte, dass er sich keines anderen Respekt erwirbt. Ein gemeiner Soldat, ein armer Hund, wie Sie ihn genannt haben, hat in den stürmischen Zeiten, in denen wir leben, den Vorteil, dass er seine Pflicht stets vor einem Heer von mitfühlenden Beobachtern tut. Zweifeln Sie daran, dass er dies tun kann, um von einem ganzen Regiment, einem ganzen Heer, einem ganzen Land hoch gelobt zu werden? Ändern Sie Ihren Weg, solange Sie noch Ihre Vergangenheit zurückerobern können, und versuchen Sie es.«

»Das werde ich! Ich bitte nur um einen einzigen Zeugen, Sir!«, rief Richard, dessen Herz beinahe zersprang.

»Ich verstehe. Ich werde ein aufmerksamer und getreuer Zeuge sein.« Ich habe es aus dem Mund von Richard Doubledick selbst gehört, dass er dann auf ein Knie sank, diesem Offizier die Hand küsste und als ein neuer Mann aus dem Blick der dunklen strahlenden Augen trat.

In jenem Jahr 1799 standen die Franzosen in Ägypten, in Italien, in Deutschland, wo nicht? Napoleon Bonaparte hatte ebenso begonnen, gegen uns in Indien Aufruhr anzuzetteln, und die meisten Männer konnten bereits die Vorzeichen der großen Übel lesen, die kommen sollten. Im darauffolgenden Jahr, als wir mit Österreich eine Allianz gegen ihn schlossen, diente Hauptmann Tauntons Regiment in Indien. Und es gab keinen besseren Unteroffizier in diesem Regiment – nein, nicht in der ganzen Linientruppe – als Korporal Richard Doubledick.

1801 stand die indische Armee an der ägyptischen Küste. Das nächste Jahr war das Jahr der Verkündigung des kurzen Friedens, und sie wurden zurückgerufen. Es war inzwischen Tausenden von Männern wohlbekannt, dass, wo immer Hauptmann Taunton mit den dunklen strahlenden Augen sie hinführte, an seiner Seite stets, unverrückbar wie ein Fels, treu wie die Sonne und tapfer wie Mars, mit Sicherheit, solange sein Herz lebendig schlug, jener berühmte

Soldat, der Sergeant Richard Doubledick, zu finden wäre.

1805 war nicht nur das große Jahr von Trafalgar, sondern auch ein Jahr harter Kämpfe in Indien. In diesem Jahr sah man solche Wundertaten, die von einem Ersten Unteroffizier begangen wurden, der sich allein durch eine dichte Menschenmenge kämpfte, die Fahne des Regiments zurückeroberte, die man den Händen eines armen, ins Herz getroffenen Jungen entrissen hatte, und seinen verwundeten Hauptmann rettete, der in einem wahren Dschungel aus Pferdehufen und Säbeln zu Boden gegangen war – solche Wundertaten, sage ich, die von diesem tapferen Ersten Unteroffizier begangen wurden, dass man ihn dafür zum Träger jener Regimentsfahne berief, die er zurückerobert hatte; und Fähnrich Richard Doubledick hatte von der Pike auf gedient. Dieses Regiment, in jeder Schlacht heftig mitgenommen, aber immer mit den tapfersten Männern verstärkt – denn der Ruhm, dass man der alten, von unzähligen Schüssen durchlöcherten Regimentsfahne folgen durfte, die Fähnrich Richard Doubledick gerettet hatte, beflügelte alle –, kämpfte sich durch den Spanischen Krieg bis zur Belagerung von Badajoz im Jahre 1812. Immer und immer wieder hatte man ihm in allen britischen Rängen zugejubelt, bis den Männern beim bloßen Klang der donnernden britischen Stimme, die ihr Lob so laut erschallen ließ, die Tränen in die Augen traten; und es gab keinen Trommlerjungen, der nicht die Legende kannte, dass, wohin immer die beiden Freunde gingen, Major Taunton mit den strahlenden dunklen Augen und Fähnrich Richard Doubledick, der ihm treu ergeben war, ihnen die Tapfersten der englischen Armee wild entschlossen folgten.

Eines Tages in Badajoz – nicht beim großen Sturm, sondern bei der Abwehr eines wütenden Ausfalls der Belagerten auf unsere Männer, die in den Gräben arbeiteten, die nicht standgehalten hatten – preschten die beiden Offiziere gemeinsam, Auge in Auge mit dem Feind, gegen eine Gruppe französischer Infanterie vor, die erbitterten Widerstand leistete. Die Franzosen wurden von einem Offizier angeführt, der sie ermunternd antrieb – ein mutiger, attraktiver, stattlicher Offizier von fünfunddreißig, den Doubledick flüchtig erblickte, beinahe nur einen Moment, den er aber gut sah. Er bemerkte besonders, wie dieser Offizier das Schwert schwenkte und seine Männer mit einem schneidenden und erregten Ruf anfeuerte, als sie seinem Befehl Folge leisteten und schossen und Major Taunton zu Boden fiel.

Nach weiteren zehn Minuten war alles vorüber, und Doubledick kehrte an die Stelle zurück, wo er den besten Freund, den je ein Mensch hatte, auf einem Mantel auf den nassen Lehm gebettet hatte. Major Tauntons Uniform war an der Brust geöffnet, und auf seinem Hemd sah man drei kleine Blutstropfen.

»Lieber Doubledick«, sagte er. »Ich sterbe.«

»Um des lieben Himmels willen, nein!«, rief da der andere, kniete sich neben ihn hin und legte ihm den Arm um den Hals, um den Kopf anzuheben. »Taunton! Mein Retter, mein Schutzengel, mein Zeuge! Liebster, treuester und freundlichster unter den Menschen! Taunton! Um Gottes willen!«

Die strahlenden dunklen Augen – nun in dem bleichen Antlitz so sehr, sehr dunkel – lächelten ihn an, und die Hand, die er dreizehn Jahre zuvor geküsst hatte, legte sich ihm freundlich auf die Brust.

»Schreiben Sie meiner Mutter. Sie werden Ihre Heimat wiedersehen. Sagen Sie ihr, wie wir Freunde geworden sind. Es wird sie trösten, so wie es mich tröstet.«

Er sprach nicht mehr, deutete nur matt auf sein Haar, das im Wind flatterte. Der Fähnrich verstand ihn. Er lächelte wieder, als er das sah, und indem er sanft sein Gesicht zu dem stützenden Arm drehte, als wollte er sich zur Ruhe betten, starb er, die Hand noch auf die Brust gelegt, in der er die Seele wiedererweckt hatte.

Kein Auge blieb an jenem tieftraurigen Tag beim Anblick von Fähnrich Richard Doubledick trocken. Er begrub seinen Freund auf dem Feld und wurde ein einsamer trauernder Mann. Jenseits seiner Pflichten schien er nur noch zwei Sorgen im Leben zu haben – die eine, das kleine Päckchen mit Tauntons Haaren sorgfältig zu bewahren, das er dessen Mutter geben sollte; die andere, den französischen Offizier zu treffen, der die Männer angetrieben hatte, in deren Feuer Taunton gefallen war. Nun begann eine neue Legende bei unseren Truppen die Runde zu machen; und die besagte, wenn er und der französische Offizier einander das nächste Mal Auge in Auge gegenüberstünden, würde es Wehklagen in Frankreich geben.

Der Krieg ging weiter – und währenddessen blieb stets das genaue Bild des französischen Offiziers auf der einen Seite und seine körperliche Wirklichkeit auf der anderen –, bis die Schlacht von Toulouse gefochten wurde. In den Rapports, die nach Hause geschickt wurden, tauchten die folgenden Worte auf: »Schwer, aber nicht lebensgefährlich verwundet, Leutnant Richard Doubledick.«

Im Mittsommer des Jahres 1814 kam Leutnant Richard Doubledick, nun ein wettergebräunter Soldat von siebenunddreißig Jahren, als Verletzter nach England zurück. Er führte das Päckchen mit den Haaren bei sich, trug es nah am Herzen. Manch einen französischen Offizier hatte er seit jenem Tag gesehen. In manch einer schrecklichen Nacht hatte er, als er mit seinen Männern und Laternen nach Verwundeten suchte, französische Offiziere von ihren Leiden erlöst, aber das Bild vor seinem geistigen Auge und die Wirklichkeit waren nie zusammengekommen.

Obwohl er sich schwach fühlte und Schmerzen litt, verlor er keine Zeit, um sich nach Frome in Somersetshire zu begeben, wo Tauntons Mutter lebte. »Er war der einzige Sohn seiner Mutter, und sie war eine Witwe«[*], wie es freundliche Worte ausdrücken, die einem ganz von selbst in den Sinn kommen.

Es war ein Sonntagabend, und die Dame saß an ihrem ruhigen Gartenfenster und las in der Bibel; sie las sich selbst mit bebender Stimme gerade genau die folgende Stelle vor, wie ich es ihn habe erzählen hören. Er hörte die Worte: »Jüngling, ich sage dir, steh auf!«[**]

Er musste an dem Fenster vorübergehen, und die strahlenden dunklen Augen seiner schlimmsten Zeiten schienen ihn anzublicken. Ihr Herz sagte ihr, wer

---
[*] Lukas 7,12: Der Jüngling zu Nain.
[**] Lukas 7,14.

er war; sie kam rasch zur Tür und fiel ihm um den Hals.

»Er hat mich vor dem Untergang gerettet, wieder einen Menschen aus mir gemacht, mich aus Schmach und Schande zurückgeholt. Oh, Gott möge ihn ewig dafür segnen! Das wird Er! Das wird Er!«

»Ja, das wird Er«, antwortete die Dame. »Ich weiß, dass er im Himmel ist.« Dann weinte sie erbärmlich. »Aber oh, mein liebster Junge, mein liebster Junge!«

Seit jener Stunde, als der Gemeine Richard Doubledick sich in Chatham hatte anwerben lassen, hatte der Gemeine, der Korporal, der Sergeant, der Erste Unteroffizier, der Fähnrich oder Leutnant nie einem anderen Menschen als seinem Erretter seinen wahren Namen oder den von Mary Marshall genannt oder auch nur ein Wort über seine Lebensgeschichte verloren. Diese frühere Begebenheit in seinem Leben war abgeschlossen. Er hatte den festen Entschluss gefasst, seine Sühne sollte sein, dass er unerkannt lebte; er wollte den Frieden, der sich längst über seine alten Missetaten gelegt hatte, nicht mehr stören; mochte es entdeckt werden, wenn er tot war, dass er gerungen und gelitten und niemals vergessen hatte; und dann, wenn sie ihm vergeben und Glauben schenken konnten – nun, dann wäre es noch rechtzeitig genug, rechtzeitig genug!

Aber in jener Nacht, als er sich an die Worte erinnerte, die er zwei Jahre lang im Herzen bewahrt hatte: »Sagen Sie ihr, wie wir Freunde geworden sind. Es wird sie trösten, wie es mich tröstet«, da erzählte er alles. Mit der Zeit kam es ihm so vor, als hätte er in reifen Jahren seine Mutter wiedergewonnen; es schien ihr allmählich, als hätte sie in ihrer Trauer einen Sohn gefunden. Während seines Aufenthaltes in England wurde der stille Garten, in den er sich als Fremder langsam und unter Schmerzen hineingeschleppt hatte, sein ganzes Zuhause; als er sich im Frühling wieder zu seinem Regiment gesellen konnte, verließ er den Garten und dachte, dies sei tatsächlich das erste Mal, dass er mit dem Segen einer Frau sein Gesicht wieder der alten Regimentsfahne zuwandte!

Er folgte der Fahne – inzwischen so zerlumpt, vernarbt und durchstochen, dass sie kaum noch zusammenhalten wollte – nach Quatre-Bras und Ligny. Er stand neben ihr, in der ehrfurchtsvollen Stille vieler Männer, schattenhaft zu sehen durch den Dunst und den Nieselregen eines nassen Junivormittags auf dem Feld von Waterloo. Und bis zu dieser Stunde hatte er nie die Gelegenheit gehabt, das Bild des französischen Offiziers, das vor seinem geistigen Auge stand, mit der Wirklichkeit zu vergleichen.

Das berühmte Regiment griff früh in dieser Schlacht in den Kampf ein und erlitt den ersten Rückschlag in seinen vielen ereignisreichen Jahren, als man sah, wie er zu Boden fiel. Aber es preschte weiter vor, um ihn zu rächen, und ließ Leutnant Richard Doubledick, kaum bei Bewusstsein, hinter sich zurück.

Durch Schlammgruben und Regenpfützen, tiefe Gräben entlang, die einmal Straßen gewesen waren und nun zertreten und durchpflügt waren von Artillerie, schweren Wagen, dem Trampeln von Männern und Pferden, der mühseligen Vorwärtsbewegung aller geräderten Fahrzeuge, die verwundete Soldaten tragen konnten, herumgestoßen zwischen Sterbenden und Toten, so von Blut und Schlamm entstellt, dass man sie kaum als menschliche Gestalt erkennen konnte, völlig unberührt vom Stöhnen der Männer und dem Schreien der Pferde, die, gerade eben erst aus ihren friedlichen Alltagsgeschäften gerissen, den Anblick der Nachzügler am Straßenrand nicht ertragen konnten, die nie wieder ihre beschwerliche Reise aufnehmen würden, tot für alle lebendigen Sinne, die ihr je eigen gewesen waren, und doch lebendig – so wurde die Gestalt, die einmal Leutnant Richard Doubledick gewesen war, von dessen Ruhm England widerhallte, nach Brüssel gebracht. Dort bettete man sie sanft in ein Lazarett, und dort lag sie Woche um Woche, die langen hellen Sommertage hindurch, bis die Ernte, die der Krieg verschont hatte, reif geworden und eingeholt war.

Immer und immer wieder ging die Sonne auf und versank über der überfüllten Stadt, immer und immer wieder lagen die Mondnächte still über der Ebene von Waterloo; und all diese Zeit war für das, was einmal Leutnant Richard Doubledick gewesen war, nichts als eine große Leere. Jubelnde Truppen marschierten in Brüssel ein und marschierten wieder hinaus; Brüder und Väter, Schwestern, Mütter und Ehefrauen kamen in Scharen herbeigeeilt, zogen ihr Los der Freude oder des Schmerzes und reisten wieder ab; so viele Male am Tag läuteten die Glocken, so oft veränderten sich die Schatten der großartigen Gebäude, so viele Lichter wurden in der Dämmerung entzündet, so viele Füße eilten hier und da auf den Gehsteigen vorüber, so viele Stunden Schlaf und kühlere Nachtluft folgten den Tagen – doch unberührt von alldem lag ein marmornes Antlitz auf einem Bett wie das Antlitz einer liegenden Statue auf dem Grabmal des Leutnants Richard Doubledick.

Mühevoll kämpfte sich schließlich durch einen langen schweren Traum von verwirrtem Raum und verwirrter Zeit, immer wieder mit schwachen Blicken auf Feldschere, die er kannte, und auf Gesichter, die ihm in der Jugend vertraut gewesen waren – das liebste und freundlichste unter ihnen, das von Mary Marshall, mit einer Besorgnis, die der Wirklichkeit mehr als alles andere zu ähneln schien –, Leutnant Richard Doubledick ins Leben zurück. In das wunderschöne Leben eines ruhigen Herbstabends bei Sonnenuntergang, ins friedliche Leben eines frischen, stillen Zimmers mit einem großen, offen stehenden Fenster und dahinter mit einem Balkon, auf dem sich die Blätter regten und Blumen süß dufteten, und wiederum dahinter mit vollem Blick auf einen klaren Himmel und die Sonne, die ihre goldenen Strahlen auf sein Bett ergoss.

Alles war so ruhig und so wunderschön, dass er meinte, er sei in eine bessere Welt hinübergegangen. Und er fragte mit matter Stimme: »Taunton, sind Sie bei mir?«

Ein Gesicht beugte sich über ihn. Nicht Tauntons, das von dessen Mutter.

»Ich bin gekommen, um Sie zu pflegen. Wir haben Sie viele Wochen lang gepflegt. Sie wurden vor langer Zeit hierhergebracht. Erinnern Sie sich an nichts?«

»An gar nichts.«

Die Dame küsste ihn auf die Wange, hielt ihm die Hand und tröstete ihn.

»Wo ist das Regiment? Was ist geschehen? Lassen Sie mich Mutter zu Ihnen sagen. Was ist geschehen, Mutter?«

»Ein großer Sieg, mein Lieber. Der Krieg ist vorbei, und das Regiment war das tapferste auf dem Schlachtfeld.«

Seine Augen glühten, seine Lippen bebten, er schluchzte, und Tränen rannen ihm übers Gesicht. Er war sehr schwach, zu schwach, um die Hand zu rühren.

»War es jetzt gerade dunkel?«, fragte er schließlich.

»Nein.«

»Es war nur für mich dunkel? Etwas ging fort, wie ein schwarzer Schatten. Aber als es ging, und die Sonne – oh, die liebe Sonne, wie schön sie ist! – mein Gesicht berührte, da meinte ich, eine leichte weiße Wolke zur Tür hinausgleiten zu sehen. Ist wirklich nichts zur Tür hinausgegangen?«

Sie schüttelte den Kopf, und nach einer kleinen Weile schlief er ein, während sie ihm noch die Hand hielt und ihn tröstete.

Von jenem Tag an erholte er sich. Langsam, denn er hatte eine schwere Kopfverletzung davongetragen und Schusswunden am Leib erlitten, aber jeder Tag brachte einen kleinen Fortschritt. Als er wieder genügend Kräfte gesammelt hatte, um, im Bett liegend, Gespräche zu führen, bemerkte er schon bald, dass ihn Mrs. Taunton immer wieder zu seiner eigenen Geschichte zurückbrachte. Dann erinnerte er sich an die letzten Worte seines Retters und dachte: »Es tröstet sie.«

Eines Tages erwachte er erfrischt aus dem Schlaf und bat sie, ihm vorzulesen. Aber der Vorhang seines Bettes, der das Licht milderte und den sie immer aufzog, sobald er erwachte, damit sie ihn von ihrem Tisch neben seinem Bett sehen konnte, an dem sie saß und arbeitete, blieb geschlossen, und eine Frauenstimme sprach, die nicht die ihre war.

»Kannst du es ertragen, eine Fremde zu sehen?«, fragte sie leise. »Möchtest du eine Fremde sehen?«

»Eine Fremde!«, wiederholte er. Die Stimme weckte alte Erinnerungen in ihm an die Zeiten vor dem Gemeinen Richard Doubledick.

»Jetzt eine Fremde, aber früher einmal keine Fremde«, sagte die Stimme, deren Tonfall ihn erregte. »Richard, mein lieber Richard, so viele Jahre verloren, mein Name ist ...«

Er rief ihren Namen aus: »Mary«, und sie hielt ihn in den Armen, und sein Kopf lag an ihrem Busen.

»Ich breche mein übereiltes Gelübde nicht, Richard. Es spricht dies nicht Mary Marshalls Mund. Ich habe einen anderen Namen.«

Sie war verheiratet.

»Ich habe einen anderen Namen, Richard. Hast du ihn je gehört?«

»Niemals!«

Er schaute ihr ins Gesicht, das so nachdenklich und schön war, und war verwundert über das Lächeln unter Tränen.

»Denk noch einmal nach, Richard. Bist du sicher, dass du meinen neuen Namen nie gehört hast?«

»Niemals!«

»Wende den Kopf nicht zu mir her, lieber Richard. Lass ihn da liegen, während ich dir meine Geschichte erzähle. Ich liebte einen großzügigen, edlen Mann, liebte ihn von ganzem Herzen, liebte ihn Jahr um Jahr, liebte ihn treu und ergeben, liebte ihn ohne Hoffnung auf Wiederkehr, liebte ihn, wusste aber nichts von seinen besten Eigenschaften – wusste nicht einmal, ob er noch lebte. Er war ein tapferer Soldat. Er wurde von Tausenden und Abertausenden geliebt und verehrt, als die Mutter seines lieben Freundes mich fand und mir zeigte, dass er mich in all seinen Triumphen niemals vergessen hatte. Er wurde in einer großen Schlacht verwundet. Er wurde, dem Tode nah, hierher nach Brüssel gebracht. Ich kam her, um über ihn zu wachen und ihn zu pflegen, und ich wäre zu diesem Zwecke mit Freuden bis an die finstersten Enden der Erde gegangen. Als er niemanden sonst erkannte, erkannte er doch mich. Als er am meisten litt, ertrug er seine Leiden, kaum murrend, zufrieden, den Kopf da auszuruhen, wo jetzt dein Kopf ruht. Als er dem Tod nahe war, hat er mich geheiratet, damit er mich noch seine Ehefrau nennen konnte, ehe er starb. Und der Name, mein Liebster, den ich in jener vergessenen Nacht annahm ...«

»Jetzt weiß ich es!«, schluchzte er. »Die schattenhafte Erinnerung wird stärker. Sie kommt zurück. Ich danke dem Himmel, dass meine Gedanken wieder hergestellt sind! Meine liebe Mary, küsse mich; wiege dieses müde Haupt in den Schlaf, sonst vergehe ich vor Dankbarkeit. Seine letzten Worte sind wahr geworden. Ich sehe meine Heimat wieder!«

Nun! Sie waren glücklich. Es war eine lange Zeit der Genesung, aber sie waren immer glücklich. Der Schnee war geschmolzen, und die Vögel sangen in den blätterlosen Hecken des ersten Frühjahrs, als diese drei zum ersten Mal miteinander ausfahren konnten und die Leute sich um die offene Kutsche versammelten, um Hauptmann Richard Doubledick zuzujubeln und zu gratulieren.

Doch selbst dann war es notwendig, dass der Hauptmann, anstatt nach England zurückzukehren, seine Erholung im Klima Südfrankreichs vollendete. Sie fanden einen Ort an der Rhône, einen kurzen Ritt von der alten Stadt Avignon entfernt und noch in Sichtweite ihrer zerstörten Brücke, der alles bot, was sie sich nur wünschen konnten; sie lebten dort zusammen sechs Monate; dann kehrten sie nach England zurück. Mrs. Taunton, die nach weiteren drei Jahren ihr Alter zu spüren begann – wenn auch nicht so sehr, dass ihre strahlenden dunklen Augen matt wurden – und sich daran erinnerte, dass der Klimawechsel ihren Kräften sehr gut bekommen war, entschloss sich, für ein Jahr in diese Gegend zurückzukehren. So fuhr sie denn mit einem getreuen Diener, der oft ihren Sohn in den Armen getragen hatte; und gegen Ende des Jahres sollte Hauptmann Richard Doubledick dort zu ihr stoßen und sie nach Hause zurückbegleiten.

Sie schrieb regelmäßig an ihre Kinder (wie sie sie nun nannte), und sie schrieben ihr. Sie begab sich in die Gegend von Aix, und dort wurde sie auf einem Schloss in der Nähe des Bauernhauses, das sie angemietet hatte, mit einer Familie vertraut, die aus diesem Teil Frankreichs stammte. Die innige Vertrautheit begann damit, dass sie oft in den Weinbergen ein hübsches Kind traf, ein Mädchen mit einem außerordentlich mitleidigen Herzen, das nie müde wurde, die Geschichten der einsamen englischen Dame von ihrem armen Sohn und den grausamen Kriegen anzuhören. Die anderen Familienmitglieder waren so liebenswürdig wie das Kind, und mit der Zeit lernte sie sie so gut kennen, dass sie die Einladung annahm, den letzten Monat ihres Auslandsaufenthaltes unter ihrem Dach zu verbringen. Alle diese Neuigkeiten schrieb sie nach Hause, nach und nach, wie sie sich von Zeit zu Zeit ergaben, und endlich fügte sie ein höfliches Schreiben des Schlossherrn bei, in dem er anlässlich seines bevorstehenden Besuchs in der Nachbarschaft um die Ehre der Gesellschaft von *cet homme si justement célèbre, Monsieur le Capitaine Richard Doubledick,** bat.

Hauptmann Doubledick, inzwischen ein kräftiger, gutaussehender Mann in den besten Jahren und ein wenig breiter in der Brust und in den Schultern als je zuvor, schickte eine höfliche Antwort und folgte ihr dann nach. Als er nach drei Jahren Frieden durch die weite Landschaft reiste, segnete er die besseren Zeiten, die nun für die Welt angebrochen waren. Das Getreide stand golden und war nicht mit un-

* (franz.) Dieses zu recht so berühmten Mannes, Herrn Hauptmann Richard Doubledick.

natürlichem Rot getränkt; es war in Garben gebunden und würde gegessen und nicht von Männern in tödlichem Zweikampf zertrampelt werden. Der Rauch stieg von friedlichen Herdstätten auf, nicht von brennenden Ruinen. Die Karren waren mit den schönsten Früchten der Erde beladen und nicht mit Verwundeten und Toten. Für ihn, der so oft das schreckliche Gegenteil gesehen hatte, war dies alles wahrhaft herrlich; und so kam er an einem tiefblauen Abend in milder Stimmung in dem Schloss bei Aix an.

Es war ein Schloss von wahrhaft alter, gespenstischer Art mit runden Türmen und Pechnasen und einem hohen, mit Blei gedeckten Dach und mehr Fenstern als Aladins Palast. Die Fensterläden waren nach der Hitze des Tages alle geöffnet, und man konnte hier und da einen Blick auf die langen Wände und Flure im Inneren erhaschen. Dann gab es noch ungeheuer ausgedehnte Außengebäude, die teilweise verfallen waren, Unmengen von dunklen Bäumen, Terrassen mit Gärten und Balustraden, Wasserbecken, deren Strahlen zu schwach für Wasserspiele und zu verschmutzt waren, um zu funktionieren; Statuen, Unkraut und ein Dickicht von eisernen Geländern, die genau wie die Büsche gewuchert und in alle möglichen wilden Formen verwachsen schienen.

Die Eingangstür stand offen, wie das auf dem Land oft so ist, wenn die Hitze des Tages vergangen ist; und der Hauptmann sah weder Glocke noch Türklopfer und trat ein.

Er kam in eine hohe steinerne Halle, die nach dem grellen Licht einer Tagesreise unter südlicher Sonne erfrischend kühl war. An allen vier Seiten verlief eine Galerie, die zu den Zimmerfluchten führte; und sie war von oben erhellt. Immer noch war keine Glocke zu sehen.

»Wahrhaftig«, sagte der Hauptmann zögernd, beschämt über den dröhnenden Klang seiner Stiefel, »das ist ein gespenstischer Anfang!«

Er fuhr zusammen und merkte, wie sein Gesicht erbleichte. Auf der Galerie, auf ihn herunterblickend, stand der französische Offizier – der Offizier, dessen Bild er nun so lange schon vor seinem geistigen Auge bewahrt hatte. Jetzt endlich konnte er dies Bild mit dem Original vergleichen – wie ähnlich war es doch in allen Zügen!

Er bewegte sich und verschwand, und Hauptmann Richard Doubledick hörte, wie seine Schritte rasch in die Halle herunterkamen. Er trat durch einen Torbogen. Und plötzlich strahlte ein heller Blick auf dem Antlitz, sehr ähnlich wie in jenem fatalen Moment.

Monsieur le Capitaine Richard Doubledick? Entzückt, ihn hier zu empfangen! Und tausend Entschuldigungen! Die Bediensteten waren alle draußen an der frischen Luft. Es fand ein kleines Fest im Garten statt. Tatsächlich war es der Festtag seiner kleinen Tochter, der kleinen, geliebten Schutzbefohlenen von Madame Taunton.

Er war so freundlich und aufrichtig, dass Monsieur le Capitaine Richard Doubledick ihm seine Hand nicht vorenthalten konnte. »Es ist die Hand eines tapferen Engländers«, sagte der französische Offizier und hielt sie umfangen, während er sprach. »Ich konnte einen jeden tapferen Engländer respektieren, sogar als meinen Feind, wie viel mehr als meinen Freund! Ich bin auch Soldat.«

Er erinnert sich nicht an mich, so wie ich mich an ihn erinnere, er hat sich mein Gesicht nicht so eingeprägt an jenem Tag, wie ich mir seines eingeprägt habe, dachte Hauptmann Richard Doubledick. Wie soll ich es ihm sagen?

Der französische Offizier geleitete seinen Gast in den Garten und stellte ihn seiner Frau, einer reizenden und wunderschönen Dame, vor, die mit Mrs. Taunton in einem absonderlichen altmodischen Pavillon saß. Seine Tochter, deren hübsches junges Gesicht vor Freude strahlte, kam gerannt und umarmte ihn; und ein kleiner Junge purzelte zwischen den Orangenbäumen die breite Treppe herunter und robbte auf die Beine seines Vaters zu. Eine Schar von Kindern, die zu Besuch waren, tanzte zu fröhlicher Musik, und alle Bediensteten und Bauern aus der Umgebung des Schlosses taten es ihnen gleich. Es war ein Anblick unschuldigen Glücks, den man für den Gipfel all der friedlichen Szenen hätte halten können, die den Hauptmann auf seiner Reise so milde gestimmt hatten.

Er schaute all dies mit überaus bestürztem Herzen an, bis eine laute Glocke ertönte und der französische Offizier ihn bat, ihn in seine Zimmer führen zu dürfen. Sie stiegen zur Galerie hinauf, von wo der Offizier heruntergeschaut hatte; und Monsieur le Capitaine Richard Doubledick wurde herzlich willkommen geheißen in einem großen äußeren Gemach und einem kleineren weiter innen, mit Uhren und Stoffbehängen und Kaminen und Bronzehunden und Kacheln und Kühlvorrichtungen und Eleganz und Weitläufigkeit.

»Sie waren in Waterloo«, sagte der französische Offizier.

»Ja, das war ich«, sagte Hauptmann Richard Doubledick. »Und in Badajoz.«

Als er allein war und noch immer den Klang seiner eigenen strengen Stimme in den Ohren hatte, setzte er sich hin und überlegte: Was soll ich machen, und wie soll ich es ihm sagen? Zu jener Zeit waren leider schon viele bedauerliche Duelle zwischen englischen und französischen Offizieren ausgetragen worden, die sich aus dem letzten Krieg ergeben hatten; und diese Duelle und wie er der Gastfreundschaft dieses Offiziers entgehen könnte – dem waren die vordringlichsten Gedanken des Hauptmanns Richard Doubledick gewidmet.

Er überlegte, und darüber verging die Zeit, in der er sich zum Abendessen hätte umkleiden sollen, als Mrs. Taunton durch die Tür zu ihm sprach und ihn fragte, ob er ihr den Brief geben könnte, den er ihr von Mary mitgebracht hatte. Vor allem seiner Mutter, überlegte der Hauptmann, wie soll ich es ihr erzählen?

»Ich hoffe, du schließt mit unserem Gastgeber Freundschaft«, sagte Mrs. Taunton, die er rasch einließ, »die ein Leben lang anhalten wird. Er hat ein so gutes Herz und ist so großzügig, Richard, dass ihr einander einfach hoch schätzen müsst. Wenn er verschont geblieben wäre«, sagte sie und küsste (nicht ohne Tränen) das Medaillon, in dem sie sein Haar trug, »dann hätte er ihn mit der ihm eigenen Großherzigkeit zu schätzen gewusst und wäre wahrhaft froh gewesen, dass die bösen Zeiten vorbei sind, die einen solchen Mann zu seinem Feind gemacht haben.«

Sie verließ das Zimmer; der Hauptmann ging zuerst zum einen Fenster, von wo er das Tanzen im Garten sehen konnte, dann zu einem anderen, von wo er auf die liebliche Aussicht und die friedlichen Weinberge blicken konnte.

»Geist meines verstorbenen Freundes«, sagte er, »ist es um deinetwillen, dass mir diese besseren Gedanken in den Kopf kommen? Bist du es, der mir auf dem ganzen Weg zum Treffen mit diesem Mann gezeigt hat, welch ein Segen die geänderten Zeiten sind? Bist du es, der mir deine tief getroffene Mutter geschickt hat, die mir in die wütende Hand fiel? Kommt von dir das Flüstern, dass dieser Mann nur seine Pflicht getan hat wie du die deine – und ich die meine, durch deine Anleitung, die mich hier auf Erden gerettet hat – und dass er nicht mehr als seine Pflicht getan hat?«

Er setzte sich, den Kopf in den Händen vergraben, und als er sich wieder erhob, fasste er den zweiten entscheidenden Entschluss seines Lebens – weder dem französischen Offizier noch der Mutter seines verstorbenen Freundes noch einer anderen Menschenseele auch nur ein Sterbenswörtchen von dem zu sagen, was er wusste. Und als er an jenem Abend beim Essen mit seinem Glas mit dem französischen Offizier anstieß, vergab er ihm insgeheim im Namen des göttlichen Verzeihers aller Missetaten.

Hier beendete ich meine Geschichte als erster armer Reisender. Wenn ich sie jedoch heute erzählt hätte, dann hätte ich hinzufügen können, dass seither die Zeit gekommen ist, in der der Sohn von Major Richard Doubledick und der Sohn des französischen Offiziers, die Freunde sind wie ihre Väter vor ihnen, Seite an Seite mit ihren jeweiligen Nationen für die gleiche Sache gekämpft haben wie langgetrennte Brüder, die bessere Zeiten wieder vereint, fest zusammengefügt haben.

Kapitel 3
Die Straße

Nachdem meine Geschichte zu Ende und der Weihnachtspunsch ausgetrunken war, brach unsere Gesellschaft auf, als die Glocke der Kathedrale zwölf Uhr schlug. Ich verabschiedete mich an diesem Abend noch nicht von meinen Reisenden, denn es war mir der Gedanke gekommen, dass ich um sieben Uhr am Morgen zusammen mit heißem Kaffee noch einmal auftauchen wollte.

Als ich die High Street entlangging, hörte ich die Stadtmusikanten in der Ferne und machte mich auf die Suche nach ihnen. Sie spielten in der Nähe eines der alten Stadttore an der Ecke einer wunderschönen altmodischen Häuserzeile aus rotem Backstein, in der, wie mich der Klarinettist freundlicherweise wissen ließ, die niederen Chorherren wohnten. Über den Türen befanden sich seltsame kleine Vorbauten, ähnlich wie die Schalldeckel über den alten Kanzeln; und ich dachte mir, ich würde gern einen der niederen Chorherren sehen, wie er aus seinem obersten Fenster schaute und uns das Vergnügen einer kleinen Weihnachtspredigt über die armen Gelehrten von Rochester gönnte, wobei er seinen Predigttext den Worten seines Herrn bezüglich des Fressens der Häuser der Witwen* entnahm.

Der Klarinettist war so redselig und meine Neigungen waren (wie immer) von so vagabundierender Tendenz, dass ich die Stadtmusikanten über eine frei liegende Wiese namens The Vines begleitete und mich – im französischen Sinne** – an der Aufführung zweier Walzer, zweier Polkas und dreier irischer Melodien beteiligte, ehe ich überhaupt wieder an mein Gasthaus dachte. Aber ich kehrte dorthin

---

* Lukas 20,47: sie (die Pharisäer) fressen die Häuser der Witwen ...

** Hier ist das Französische »assister à un concert« (ein Konzert anhören) gemeint.

zurück und fand in der Küche einen Fiedler vor und Ben sowie den schielenden Jungen und zwei Zimmermädchen, die mit äußerster Lebhaftigkeit um den großen Holztisch kreisten.

Ich hatte eine sehr schlimme Nacht. Am Truthahn oder am Roastbeef kann es nicht gelegen haben – und der Weihnachtspunsch steht auch außer Frage –, aber ich erlitt mit jedem Versuch, Schlaf zu finden, jämmerlichen Schiffbruch. Ich schlief keine Sekunde; und welche närrische Richtung auch meine Gedanken einschlugen, überall störte sie das Bildnis des Master Richard Watts empfindlich.

Mit einem Wort: ich konnte dem Ehrenwerten Master Richard Watts nur entgehen, indem ich um sechs Uhr in stockfinsterer Nacht aus dem Bett stieg und mich, wie es meine Art ist, in so viel kaltes Wasser stürzte, wie für diesen Zweck nur aufzutreiben war. Die Luft draußen auf der Straße war trüb und kalt genug, als ich hinausging, und die eine Kerze in unserem Speisezimmer in Watts' Wohltätiger Einrichtung brannte so halbherzig, als hätte auch sie eine schlechte Nacht hinter sich. Aber meine Reisenden hatten alle tief und fest geschlafen, und sie machten sich so begeistert, wie ich es mir nur wünschen konnte, über den heißen Kaffee und die Berge von Butterbroten her, die Ben wie Bretter auf dem Holzplatz aufgeschichtet hatte.

Während es noch kaum Tag war, traten wir alle zusammen auf die Straße und schüttelten einander die Hände. Die Witwe ging mit dem kleinen Matrosen nach Chatham, wo er ein Dampfschiff nach Sheerness finden wollte; der Rechtsanwalt schritt mit außerordentlich wissendem Blick seines Weges, ohne sich die Mühe zu machen, seine Absichten kundzutun; zwei weitere wanderten an der Kathedrale und der alten Burg vorüber in Richtung Maidstone; und der Hausierer, der mit Büchern handelte, begleitete mich über die Brücke. Was mich betrifft, so wollte ich durch die Wälder von Cobham wandern, auf meinem Weg nach London so weit gehen, wie ich nur mochte.

Als ich zu dem Zauntritt und dem Fußweg kam, der von der Hauptstraße abzweigte, sagte ich meinem letzten armen Reisenden Lebewohl und ging allein weiter. Und nun begannen die Nebel sich aufs Schönste zu lichten, und die Sonne begann zu scheinen; und als ich durch die klirrend kalte Luft schritt und überall den Raureif glitzern sah, da hatte ich das Gefühl, als teilte die ganze Natur mit mir die Freude über diesen großen Geburtstag. Auf meinem Weg durch die Wälder verstärkte die Weichheit meiner Schritte auf dem moosigen Boden und den braunen Blättern noch die heilige Weihnachtsstimmung, von der ich mich überall umgeben fühlte. Die weiß bereiften Stämme kreisten mich ein, und ich überlegte, dass der Begründer aller Zeiten niemals seine gütige Hand erhoben hatte, außer um zu segnen und zu heilen, nur in dem einen Fall des einen unwissenden Kreuzesstammes nicht. Bei Cobham Hall gelangte ich in das Dorf und zum Friedhof, wo die Toten in aller Stille ruhten, »in der sicheren und gewissen Hoffnung«, die die Weihnachtszeit nährte. Welche Kinder konnte ich spielen sehen, die ich nicht lieben musste, mich an den erinnernd, der die Kindlein so geliebt hatte! Kein Garten, an dem ich vorüberkam, war nicht mit dem heutigen Tag im Einklang, denn ich erinnerte mich daran, dass sein Grab in einem Garten lag und dass sie »meinte, es sei der Gärtner«, und zu ihm sprach: »Herr, hast du ihn weggetragen, so sage mir, wo du ihn hingelegt hast; dann will ich ihn holen.«[*] Mit der Zeit kam der ferne Fluss mit den Schiffen in volle Sicht und mit ihm Bilder der armen Fischer, die ihre Netze geflickt hatten und aufgestanden und ihm nachgefolgt waren, Bilder davon, wie er von einem Boot aus die Leute lehrte und man dieses Boot wegen der großen Menschenmenge ein wenig vom Strand weggerudert hatte, Bilder von einer majestätischen Gestalt, die über das Wasser schritt,

[*] Ostermorgen, Johannes 20,15.

in der Einsamkeit der Nacht. Selbst mein Schatten vor mir auf dem Boden sprach beredt von Weihnachten, denn legten nicht die Leute ihre Kranken dahin, wo die Schatten der Männer, die ihn gehört und gesehen hatten, im Vorübergehen auf sie fallen würden?

So umgab mich Weihnachten nah und fern, bis ich nach Blackheath gekommen war und im Greenwich Park die lange Allee mit den knorrigen Bäumen entlanggeschritten war und unter brausendem Dampf durch den wieder hereinziehenden Nebel auf die Lichter von London zugefahren wurde. Hell leuchteten sie, aber nicht so hell wie mein eigenes Kaminfeuer und die strahlenden Gesichter ringsum, als wir zusammenkamen, um den Tag zu feiern. Und dort erzählte ich vom ehrenwerten Master Richard Watts und von meinem Abendessen mit den sechs armen Reisenden, die weder Schurken noch Verwalter waren, und von dieser Stunde an bis jetzt habe ich keinen von ihnen jemals wiedergesehen.

Erstmals erschienen 1854 in »The Seven Poor Travellers« (Die sieben armen Reisenden), der Weihnachtsausgabe von »Household Words«.

Der Baron von Grogzwig

Der Baron von Koeldwethout und Grogzwig aus Deutschland war ein so angenehmer junger Baron, wie man ihn sich nur wünschen kann. Ich brauche bestimmt nicht zu sagen, dass er in einer Burg lebte, denn das versteht sich von selbst; ich brauche auch nicht zu sagen, dass er in einer alten Burg lebte; denn wann hätte je ein deutscher Baron in einer neuen Burg gelebt? Mit diesem ehrwürdigen Gemäuer waren viele seltsame Umstände verbunden, und mitnichten der am wenigsten verwunderliche und geheimnisvolle war, dass der Wind, wenn er wehte, in den Schornsteinen grummelte oder gar in den Bäumen des benachbarten Waldes heulte; und dass sich der Mond, wenn er schien, durch gewisse kleine Scharten in den Mauern hineinschlich und tatsächlich einige Teile der großen Hallen und Galerien erhellte, während er andere im Schatten liegen ließ. Ich glaube, dass einer der Ahnen des Barons, dem es an Geld mangelte, einmal einen Dolch in einen

Herrn gestochen hatte, der eines Tages bei ihm vorüberkam, um sich nach dem Weg zu erkundigen, und man nimmt tatsächlich an, dass all die wundersamen Begebenheiten sich daraufhin zu ereignen begannen. Und doch weiß auch ich kaum, wie das gekommen sein sollte, denn dem Ahnherrn des Barons, der ein liebenswerter Mann war, tat es hinterher sehr leid, dass er so vorschnell gehandelt hatte, und er verschaffte sich mit ein wenig Gewalt Zugriff auf eine gewisse Menge Steine und Holz, die einem schwächeren Baron gehört hatten, baute zur Entschuldigung eine Kapelle und hatte folglich so vom Himmel bereits eine Quittung über die Gesamtsumme aller nur möglichen Forderungen erhalten.

Da ich gerade von den Ahnen des Barons spreche, fällt mir ein, dass der auf Grund seines Stammbaums immer großen Anspruch auf höchsten Respekt angemeldet hat. Leider muss ich sagen, dass ich mir nicht sicher bin, wie viele Ahnen der Baron hatte; aber ich weiß, dass er sehr viele mehr als unzählige andere Männer seiner Zeit sein Eigen nannte; und ich wünschte nur, er hätte in der heutigen Zeit gelebt, denn dann hätte er noch mehr gehabt. Es ist wirklich ein hartes Los für die großen Männer vergangener Jahrhunderte, dass sie so früh auf die Welt gekommen sind, denn von einem Mann, der vor drei- oder vierhundert Jahren geboren ist, kann man vernünftigerweise nicht erwarten, dass er so viele Vorfahren hat wie einer, der heute geboren wird. Letzterer, wer immer er sein mag – und er könnte ja auch ein Schuster oder sonst ein ganz gewöhnlicher Hund sein, soweit wir wissen –, hat dann notwendig immer einen umfangreicheren Stammbaum als der größte Edelmann, der je lebte; und ich möchte behaupten, dass das sehr ungerecht ist.

Nun aber zurück zum Baron von Koeldwethout und Grogzwig! Er war ein feiner Geselle mit einer bräunlichen Gesichtsfarbe, dunklem Haar und einem großen Schnurrbart, und er trug auf der Jagd ein jagdgrünes Gewand und kastanienbraune Stiefel an den Füßen und hatte sich ein Jagdhorn über die Schulter geschlungen wie der Postillion einer Langstreckenpostkutsche. Wenn er in dieses Jagdhorn blies, erschienen unverzüglich vierundzwanzig andere Herren von niedererem Rang, deren jagdgrüne Gewänder ein wenig gröber gewebt waren und deren kastanienbraune Stiefel ein wenig dickere Sohlen hatten. Und schon sprengte der ganze Zug davon, mit Speeren in Händen, die wie lackierte Zaunpfähle aussahen, und sie gingen auf die Wildschweinhatz oder hofften vielleicht, einen Bären anzutreffen, in letzterem Fall tötete der Baron ihn zuerst und strich sich dann mit dem Fett den Schnurrbart ein.

Das war ein fröhliches Leben für den Baron von Grogzwig und ein noch fröhlicheres für die Gefolgsleute des Barons, denn die tranken jeden Abend Rheinwein, bis sie unter den Tisch sanken, und dann leerten sie dort unten auf dem Boden noch weitere Flaschen und riefen nach ihren Pfeifen. Nie hat man so fröhliche, krakeelende, ausgelassene und fidele Gesellen gesehen wie die heitere Schar aus Grogzwig.

Aber bei den Freuden der Tafel oder den Freuden unter der Tafel tut ein wenig Abwechslung not; insbesondere wenn die gleichen fünfundzwanzig Leute Tag für Tag am selben Tisch Platz nehmen, um über dieselben Themen zu disputieren und dieselben Geschichten zu erzählen. Der Baron wurde es langsam leid, und ihn verlangte nach neuer Aufregung. Er begann sich mit seinen Herren zu streiten und versuchte, jeden Abend nach dem Essen zwei oder drei von ihnen ein wenig zu treten. Das war zunächst eine angenehme Abwechslung, aber nach etwa einer Woche wurde es ihm auch fade, und der Baron wurde recht verdrießlich und hielt voller Verzweiflung nach neuer Unterhaltung Ausschau.

Eines Abends nach einem Jagdtag, bei dem er sogar Nimrod oder Gillingwater übertroffen hatte und

»wieder einmal einen prächtigen Bären« erlegt und im Triumph nach Hause getragen hatte, saß der Baron von Koeldwethout wieder übelgelaunt am Kopf der Tafel und beäugte die verrauchte Decke seiner Halle mit missmutigen Blicken. Er schluckte riesige Humpen Wein, aber je mehr er schluckte, desto mehr runzelte er die Stirn. Die Herren, denen die gefährliche Ehre zuteilgeworden war, zu seiner Rechten und Linken zu sitzen, folgten wundersam im Trinken seinem Beispiel und blickten einander mit gerunzelter Stirn an.

»Ich mach's!«, rief da plötzlich der Baron, hämmerte mit der Rechten auf den Tisch und zwirbelte mit der Linken seinen Schnurrbart. »Trinkt auf die Dame von Grogzwig!«

Die vierundzwanzig Jagdgrünen wurden bleich mit Ausnahme ihrer vierundzwanzig Nasen, die unverändert blieben.

»Ich sagte, auf die Dame von Grogzwig«, wiederholte der Baron und blickte am Tisch in die Runde.

»Auf die Dame von Grogzwig!«, brüllten die Jagdgrünen; und schon flossen vierundzwanzig Schoppen eines alten Weißweins ihre vierundzwanzig Gurgeln hinunter, dass sie nur so mit ihren achtundvierzig Lippen schmatzten und wieder fröhlich blinzelten.

»Die schöne Tochter des Barons von Swillenhausen«, sagte Koeldwethout und ließ sich zu einer Erklärung herab. »Wir werden bei ihrem Vater um ihre Hand anhalten, ehe morgen die Sonne untergeht. Und wenn er sie uns verweigert, schneiden wir ihm die Nase ab.«

Ein heiseres Murmeln war von der Gesellschaft zu vernehmen; alle fuhren mit der Hand zunächst an den Griff ihres Schwertes und dann voller schrecklicher Bedeutung an ihre Nasenspitze.

Was für eine angenehme Sache doch töchterlicher Gehorsam ist! Hätte die Tochter des Barons von Swillenhausen behauptet, ihr Herz sei bereits vergeben, oder wäre sie ihrem Vater zu Füßen gesunken und hätte diese mit salzigen Zähren genetzt, hätte sie dem alten Herrn, um ihn umzustimmen, Artigkeiten gesagt, dann hätte die Wette hundert zu eins gestanden, dass Burg Swillenhausen oder vielmehr der Baron zum Fenster herausgeflogen und die Burg zerstört worden wäre. Aber die junge Dame blieb ruhig, als am nächsten Morgen ein Bote zu früher Stunde die Anfrage übermittelte, und zog sich schamhaft auf ihr Zimmer zurück, aus dessen Fenster sie zuschaute, wie ihr Freier und sein Gefolge nahten. Kaum hatte sie sich versichert, dass der Reiter mit dem großen Schnurrbart ihr anerbotener

Ehemann war, als sie schon zu ihrem Vater eilte und ihn ihre Bereitschaft wissen ließ, sich zu opfern, um seinen Frieden zu sichern. Der ehrenwerte Baron nahm sein Kind in die Arme und vergoss ein Freudenträndchen.

An jenem Tag wurde auf der Burg ein großes Gelage abgehalten. Die vierundzwanzig Jagdgrünen des Barons von Koeldwethout tauschten mit den zwölf Jagdgrünen des Barons von Swillenhausen ewige Treueschwüre und versprachen dem alten Baron, sie würden seinen Wein trinken, »bis alles rot war«, was wohl heißen sollte, bis ihr gesamtes Gesicht die gleiche Farbe wie ihre Nase angenommen hatte. Alle klatschten einander herzhaft auf die Schultern, als die Zeit des Abschieds gekommen war; und der Baron von Koeldwethout und seine Gefolgsleute ritten fröhlich nach Hause.

Sechs tödliche Wochen lang hatten die Bären und die Keiler Ruhe. Die Häuser der Koeldwethout und der Swillenhausen wurden vereint; die Speere rosteten; und das Jagdhorn des Barons wurde ganz heiser, weil es so selten geblasen wurde.

Das waren herrliche Zeiten für die vierundzwanzig; aber leider, leider hatten sich ihre unbeschwerten Tage sozusagen Stiefel angezogen und marschierten bereits davon.

»Mein Liebster«, sagte die Baroness.

»Meine Liebste«, erwiderte der Baron.

»Diese groben, lauten Männer ...«

»Welche Männer, Madame?«, fragte der Baron überrascht.

Die Baroness deutete aus dem Fenster, an dem sie standen, auf den Burghof unten, wo die sich des Blicks unbewussten Jagdgrünen einen großzügigen Bügeltrunk zu sich nahmen, als Vorbereitung für die Hatz auf einen oder zwei Keiler.

»Mein Jagdgefolge, Madame«, antwortete der Baron.

»Schick sie fort«, murmelte die Baroness.

»Sie fortschicken?«, rief der Baron in höchstem Erstaunen.

»Mir zu Gefallen, mein Liebster«, erwiderte die Baroness.

»Dem Teufel zu Gefallen, Madame«, antwortete der Baron.

Worauf die Baroness einen lauten Schrei ausstieß und dem Baron ohnmächtig zu Füßen sank.

Was konnte der Baron da schon machen? Er rief die Zofe herbei und brüllte nach dem Arzt; und dann eilte er auf den Hof, trat die beiden Jagdgrünen, die am meisten daran gewöhnt waren, vors Schienbein, verfluchte die anderen ringsum und befahl ihnen zu gehen – ganz gleich wohin. Ich kenne den deutschen Ausdruck dafür nicht, sonst hätte ich es gewiss elegant so ausgedrückt.

Es steht mir nicht zu, zu sagen, mit welchen Mitteln und in welchem Ausmaße es manche Frauen schaffen, manche Ehemänner so zu unterjochen, wie sie es tun, obwohl ich natürlich meine eigene Meinung zu diesem Thema habe und mir wohl denke, dass kein Mitglied des Parlaments verheiratet sein dürfte, weil nämlich drei von vier Abgeordneten so abstimmen müssen, wie es das Gewissen ihrer Gattin (wenn es dergleichen geben sollte) diktiert und nicht ihr eigenes. Alles, was ich jetzt hier sagen muss, ist, dass die Baroness von Koeldwethout irgendwie eine große Macht über den Baron von Koeldwethout bekam und dass der Baron nach und nach und Stück für Stück und Tag für Tag und Jahr für Jahr bei jeder Streitfrage den Kürzeren zog oder auf schlaueste Weise von einem seiner alten Steckenpferde heruntergeholt wurde und dass er, als er endlich ein fetter, deftiger Kerl von achtundvierzig oder so Jahren war, keine Gelage, kein Jagdgefolge und keine Jagd mehr hatte – kurz gesagt: nichts mehr, was er mochte oder früher einmal gehabt hatte; und obwohl er wild und tollkühn war wie ein Löwe, so wurde er doch ganz gewiss von seiner eigenen Dame in seiner eigenen Burg von Grogzwig gerüffelt und heruntergeputzt.

Damit war aber das Missgeschick des Barons noch nicht zu Ende. Etwa ein Jahr nach seiner Eheschließung kam ein gesunder und munterer kleiner Baron auf die Welt, zu dessen Ehren manches Feuerwerk abgebrannt und viele Dutzend Humpen Wein getrunken wurden; doch im Jahr darauf erschien noch eine junge Baroness, im nächsten Jahr ein weiterer junger Baron und so weiter, jedes Jahr entweder ein Baron oder eine Baroness (und in einem Jahr beides zugleich), bis der Baron der Vater einer kleinen Familie von zwölfen war. Bei jedem dieser Geburtstage kümmerte sich die Baroness von Swillenhausen mit ängstlichem Feingefühl um das Wohlbefinden ihres Kindes, der Baroness von Koeldwethout; und obwohl man nicht bemerken konnte, dass diese gute Dame je einen greifbaren Beitrag zur Genesung ihres Kindes leistete, erachtete sie es doch für ihre Pflicht, auf der Burg von Grogzwig so nervös wie möglich aufzutreten und ihre Zeit gleichmäßig zwischen der moralischen Überwachung der Haushaltsführung des Barons und der Wehklage über das schwere Schicksal ihrer unglückseligen Tochter aufzuteilen. Und wenn sich der Baron von Grogzwig, der darüber ein wenig verletzt und irritiert war, ein Herz nahm und die Behauptung wagte, dass es seiner Frau wenigstens nicht schlechter ginge als den Frauen anderer Barone, flehte die Baroness von Swillenhausen alle Anwesenden an, sorgfältig zu beachten, dass niemand außer ihr allein Mitgefühl mit den Leiden ihrer Tochter hatte; woraufhin ihre Verwandten und Freunde anmerkten, dass sie sicherlich sehr viel mehr weinte als ihr Schwiegersohn, und wenn man je einen brutalen, hartherzigen Kerl gesehen hatte, dies sicherlich der Baron von Grogzwig war.

Der arme Baron ertrug all das, solange er konnte, und als er es nicht mehr länger ertragen konnte, verlor er den Appetit und den Mut und setzte sich mit finsterer Miene und niedergeschlagen hin. Aber ihn erwarteten noch schlimmere Kümmernisse, und als sie eintrafen, verstärkten sich seine Melancholie und Traurigkeit noch. Die Zeiten änderten sich. Er geriet in Schulden. Die Schatullen der Grogzwigs leerten sich, obwohl die Familie Swillenhausen sie für unerschöpflich gehalten hatte; und gerade als die Baroness drauf und dran war, den dreizehnten Beitrag zum Stammbaum der Familie zu leisten, entdeckte von Koeldwethout, dass er keine Möglichkeit hatte, die Schatullen wieder aufzufüllen.

»Ich sehe keinen Ausweg«, sagte der Baron. »Ich glaube, ich bringe mich um.«

Das war eine hervorragende Idee. Der Baron nahm ein Jagdmesser aus einem Schrank in der Nähe, und nachdem er es an seinem Stiefel geschärft hatte, setzte er damit zu einem Versuch an seinem Hals an, wie Jungen das wohl nennen.

»Hm!«, sagte der Baron und stutzte. »Vielleicht ist es nicht scharf genug.«

Der Baron schärfte es erneut und unternahm einen weiteren Versuch, als seine Handlung vom lauten Geschrei der jungen Barone und Baronessen unterbrochen wurde, die ihr Kinderzimmer in einem Turmzimmer mit vergitterten Fenstern hatten, damit sie nicht in den Burggraben hinauspurzelten.

»Wäre ich Junggeselle geblieben«, sagte der Baron mit einem Seufzer, »dann hätte ich es schon fünfzigmal geschafft, ohne unterbrochen zu werden. Hallo! Bringt mir eine Flasche Wein und die größte Tabakspfeife in den kleinen Gewölberaum hinter der Halle.«

Einer der Bedienten führte freundlicherweise den Befehl des Barons innerhalb der nächsten halben Stunde aus, und nachdem er von Koeldwethout davon in Kenntnis gesetzt hatte, schritt dieser in den Gewölberaum, dessen Wände, da sie aus dunklem, poliertem Holz waren, im Licht der lodernden Holzscheite glänzten, die im Kamin aufgetürmt waren.

Flasche und Pfeife waren bereit, und insgesamt wirkte der Raum sehr gemütlich.

»Lass die Lampe da«, sagte der Baron.

»Noch Wünsche, Mylord?«, erkundigte sich der Bedienstete.

»Verlass das Zimmer«, sagte der Baron. Der Bedienstete gehorchte, und der Baron schloss die Tür ab.

»Ich rauche noch eine letzte Pfeife«, sagte sich der Baron, »und dann bin ich weg.« Er legte also das Messer so lange auf den Tisch, bis er es wieder brauchte, und der Baron von Grogzwig kippte ein ordentliches Maß Wein, warf sich in seinem Stuhl zurück, streckte die Beine vor dem Feuer aus und paffte vor sich hin.

Er dachte über sehr viele Dinge nach – über seine gegenwärtigen Kümmernisse und die vergangenen Tage seines Junggesellenlebens und über die Jagdgrünen, die alle längst landauf, landab verteilt waren, niemand wusste wo; mit Ausnahme von zweien, die unglücklicherweise enthauptet worden waren, und von vieren, die sich zu Tode getrunken hatten. Die Gedanken des Barons wanderten zu Bären und Keilern, als er, während er gerade sein Glas bis zur Neige leerte, die Augen hob und zum ersten Mal und mit unendlichem Erstaunen bemerkte, dass er nicht allein war.

Nein, das war er nicht; denn auf der anderen Seite des Kamins saß mit verschränkten Armen eine runzelige, grässliche Gestalt mit tief eingesunkenen und blutunterlaufenen Augen und einem unendlich langen, ausgemergelten Gesicht, das von wirren und verfilzten Locken groben schwarzen Haars beschattet war. Die Gestalt trug eine Art Tunika von mattblauer Farbe, die, wie dem Baron auffiel, als er aufmerksam hinschaute, vorn mit Sarggriffen zusammengehalten oder verziert war. Auch die Beine waren wie in eine Rüstung aus Sargplatten gehüllt; und über die linke Schulter hatte die Gestalt einen kurzen dunklen Umhang geworfen, der aus dem Überrest eines Bahrtuchs gemacht zu sein schien. Sie nahm keine Notiz vom Baron, sondern beäugte angespannt das Feuer.

»Hallo!«, rief der Baron und stampfte mit dem Fuß auf, um die Aufmerksamkeit auf sich zu ziehen.

»Hallo!«, erwiderte der Fremde, der seine Augen zum Baron bewegte, nicht aber sein Gesicht oder den Körper. »Was nun?«

»Was nun!«, versetzte ihm der Baron, den die hohl klingende Stimme und die glanzlosen Augen nicht schreckten. »Diese Frage sollte ich stellen. Wie seid Ihr hierhergekommen?«

»Durch die Tür«, antwortete die Gestalt.

»Was seid Ihr?«, fragte der Baron.

»Ein Mensch«, erwiderte die Gestalt.

»Das glaube ich nicht«, sagte der Baron.

»Dann glaubt es eben nicht«, meinte die Gestalt.

»Das mach ich«, sprach der Baron.

Die Gestalt schaute den tapferen Baron von Grogzwig einige Zeit an und sagte dann in vertrautem Ton: »Euch kann man nicht täuschen, sehe ich. Ich bin kein Mensch!«

»Was seid Ihr dann?«, fragte der Baron.

»Ein Geist«, erwiderte die Gestalt.

»Ihr seht mir nicht gerade wie einer aus«, schnaubte der Baron verächtlich.

»Ich bin der Geist der Verzweiflung und des Selbstmords«, sagte die Erscheinung. »Jetzt kennt Ihr mich.«

Mit diesen Worten wandte sich die Erscheinung dem Baron zu, als sammelte sie sich für ein Gespräch – und, was besonders bemerkenswert war, sie warf ihren Umhang ab und ließ einen Pfahl sichtbar werden, der ihr mitten im Körper steckte, zog ihn mit einem Ruck heraus und legte ihn so gelassen auf den Tisch, als wäre es ein Spazierstock.

»Also«, sagte die Gestalt und schaute auf das Jagdmesser, »seid Ihr jetzt für mich bereit?«

»Nicht ganz«, erwiderte der Baron. »Erst muss ich noch diese Pfeife zu Ende rauchen.«

»Dann macht schnell«, forderte die Gestalt.

»Ihr scheint es eilig zu haben«, merkte der Baron an.

»Nun, ja, das stimmt«, antwortete die Gestalt. »Drüben in England und Frankreich gehen meine Geschäfte gerade außerordentlich gut, und meine Zeit ist größtenteils verplant.«

»Trinkt Ihr etwas?«, fragte der Baron und berührte mit dem Pfeifenkopf die Weinflasche.

»In neun von zehn Fällen und dann wirklich viel«, erwiderte die Gestalt trocken.

»Nie mit Maß und Ziel?«, erkundigte sich der Baron.

»Nie«, antwortete die Gestalt mit einem Schauder, »dabei entsteht ja womöglich Fröhlichkeit.«

Der Baron warf einen weiteren Blick auf seinen neuen Freund, den er für einen ungewöhnlich seltsamen Gesellen hielt, und erkundigte sich ausführlich danach, ob er sich aktiv an so kleinen Vorgängen beteiligte, wie an dem, den er gerade in Erwägung zog.

»Nein«, antwortete die Gestalt ausweichend, »aber ich bin immer anwesend.«

»Um zu sehen, dass alles mit rechten Dingen zugeht, nehme ich an?«, wollte der Baron wissen.

»Genau«, antwortete die Gestalt und spielte an dem Pfahl herum und untersuchte die flache Seite. »Macht so schnell Ihr könnt, denn es gibt da einen jungen Mann, der unter einem Überfluss an Geld und Muße leidet und mich nun braucht, stelle ich fest.«

»Der will sich umbringen, weil er zu viel Geld hat!«, rief der Baron höchst belustigt aus. »Ha! Ha! Das ist ein guter Witz!« (Es war das erste Mal seit vielen langen Tagen, dass der Baron gelacht hatte.)

»Ich muss schon sagen«, entrüstete sich die Gestalt und sah außerordentlich ängstlich aus. »Tut das bitte nie wieder.«

»Warum nicht?«, fragte der Baron.

»Weil es mir Schmerzen am ganzen Leib verursacht«, antwortete die Gestalt. »Seufzt so viel Ihr wollt. Das tut mir gut.«

Der Baron seufzte automatisch, als das Wort nur erwähnt wurde; die Gestalt, deren Miene sich erhellte, reichte ihm mit außerordentlich einnehmender Höflichkeit das Jagdmesser.

»Das ist aber keine schlechte Idee«, sagte der Baron und überprüfte die Schneide der Waffe, »dass sich ein Mann umbringt, weil er zu viel Geld hat.«

»Pah!«, sagte die Erscheinung verdrießlich, »auch nicht besser, als wenn sich ein Mann umbringt, weil er keines oder zu wenig hat.«

Ich weiß nicht, ob sich der Geist versehentlich eine Blöße gab, als er das sagte, oder ob er meinte, der

Entschluss des Barons stünde so fest, dass es völlig gleichgültig war, was er sagte. Ich weiß nur, dass die Hand des Barons plötzlich innehielt, dass er die Augen weit aufriss und aussah, als wäre ihm zum ersten Mal ein ganz neues Licht aufgegangen.

»Nun, gewiss«, sagte von Koeldwethout, »nichts ist zu schlimm, als dass man es nicht noch retten könnte.«

»Außer leeren Schatullen«, rief der Geist.

»Nun, aber selbst die könnten doch eines Tages wieder gefüllt werden«, sagte der Baron.

»Oder außer scheltenden Ehefrauen«, knurrte der Geist.

»Oh, auch die kann man zum Schweigen bringen«, behauptete der Baron.

»Außer dreizehn Kindern«, schrie der Geist.

»Können doch sicher nicht alle missraten sein«, meinte der Baron.

Deutlich sichtbar wurde der Geist nun sehr böse auf den Baron, weil er auf einmal diese Meinungen äußerte; aber er versuchte, das mit einem Lachen abzutun, und meinte, er wäre außerordentlich dankbar, wenn der Baron ihn wissen lassen würde, wann er nicht mehr zu scherzen beliebte.

»Aber ich scherze nicht; nie war mir ernster zumute«, tadelte ihn der Baron.

»Nun, das höre ich gern«, sagte der Geist, der jetzt sehr grimmig dreinschaute, »denn ein Witz würde mich buchstäblich umbringen. Kommt schon! Verlasst unverzüglich diese trübselige Welt.«

»Ich weiß nicht«, sagte der Baron und spielte mit dem Messer, »sicherlich ist sie trübselig, aber ich glaube nicht, dass Eure viel besser ist, denn Ihr seht mir nicht so aus, als ginge es Euch sonderlich gut. Da fällt mir ein – welche Gewissheit habe ich denn, dass es mir besser geht, wenn ich diese Welt endlich doch verlasse?«, rief er und sprang auf. »Darüber habe ich noch nie nachgedacht!«

»Ab durch die Mitte!«, rief die Gestalt und knirschte mit den Zähnen.

»Hände weg!«, sagte der Baron. »Ich werde nicht mehr über meinen Jammer nachgrübeln, sondern gute Miene machen und es wieder mit der frischen Luft und den Bären versuchen; und wenn das nichts hilft, dann spreche ich ein paar ernste Worte mit der Baroness und behandle alle von Swillenhausens wie Luft.« Mit diesen Worten ließ sich der Baron in seinen Sessel zurückfallen und lachte so laut und so ausgelassen, dass es von den Wänden widerhallte.

Die Gestalt wich ein, zwei Schritte zurück, betrachtete den Baron inzwischen mit ungeheurem Schrecken, und als der zu Ende gelacht hatte, packte der Geist den Pfahl, rammte ihn sich in den Körper, stieß ein grässliches Jaulen aus und verschwand.

Von Koeldwethout sah ihn nie wieder. Nachdem er einmal den Entschluss gefasst hatte, brachte er schon bald die Baroness und die von Swillenhausens zur Vernunft und starb viele Jahre später: nicht als reicher Mann, soviel ich weiß, aber als glücklicher Mann. Er hinterließ eine vielköpfige Familie, die unter seiner höchstpersönlichen Aufsicht sorgfältig in der Bären- und Keilerhatz unterwiesen worden war. Und mein guter Rat an alle Männer ist, dass sie, wenn sie je aus ähnlichen Gründen wie besessen und melancholisch werden (was viele Männer tun), lieber beide Seiten der Frage bedenken und ein Vergrößerungsglas über die besten Aspekte halten sollten; und dass sie, wenn sie dann noch immer in Versuchung sind, sich ohne Erlaubnis aus der Welt zurückzuziehen, zuerst eine große Pfeife Tabak rauchen und eine ganze Flasche Wein trinken und sich ein Beispiel an dem lobenswerten Baron von Grogzwig nehmen sollten.

Aus »Nicholas Nickleby«, Kapitel 6, 1839.

Weihnachtsgeister

Ich komme gern zu Weihnachten nach Hause. Das tun wir alle, oder wir sollten es alle tun. Wir kommen nach Hause, oder wir sollten auf einen kurzen Urlaub nach Hause kommen – je länger, desto besser –, auf einen Urlaub aus jenem großen Internat, in dem wir unermüdlich an unseren Rechentafeln arbeiten, einen Urlaub, bei dem wir uns eine Pause gönnen. Und was die Besuche anbetrifft, wo können wir nicht überall hingehen, wenn wir wollen, wo sind wir nicht überall gewesen, wenn wir wollten und unsere Traumreisen gleich unterm Weihnachtsbaum angefangen haben!

Hinaus also in die Winterlandschaft! Dazu gibt es unter diesem Baum viele Möglichkeiten. Weiter hinaus durch die tiefer gelegenen dunstumwehten Ebenen, durch Moorlandschaft und Nebel, lange Berghänge hinauf, die sich dunkel wie Höhlen zwischen dichten Schonungen hinziehen und beinahe die glitzernden Sterne verbergen; weiter also auf die weiten Höhen, bis wir endlich mit unvermitteltem Schweigen bei einer Auffahrt stehenbleiben. Die Glocke am Tor hat in der eisigen Luft einen tiefen, beinahe ehrfurchtgebietenden Klang; das Tor schwingt auf; und wenn wir nun zu einem großen Herrenhaus hinauffahren, scheinen sich die gegenüberstehenden Baumreihen feierlich zu beiden Seiten zurückzuziehen, um uns Platz zu machen. Den ganzen Tag über ist immer wieder einmal ein ängstlicher Hase über diesen weißbereiften Rasen geflitzt; oder das ferne Getrappel einer Herde Rotwild, die durch den Raureif stapft, hat einen kurzen Moment ebenfalls die Stille gestört. Die wachsamen Augen der Tiere unter dem Farn würden jetzt vielleicht wie die gefrorenen Tautropfen an den Blättern glänzen, wenn wir sie sehen könnten; aber sie verharren reglos, und alles ist still. Und so werden nun die Lichter des Hauses größer, und die Bäume weichen vor uns zurück und schließen sich hinter uns wieder, als wollten sie uns den Rückzug versperren, und wir kommen zum Haus.

Vielleicht liegt ein Duft nach gerösteten Kastanien und anderen guten, gemütlichen Dingen in der Luft, denn wir erzählen ja Wintergeschichten – Spukgeschichten, zu unserer Schande – am Weihnachtskamin; und wir haben uns nie von der Stelle gerührt, außer vielleicht um ein wenig näher ans Feuer zu rücken. Aber das soll uns gleich sein. Wir kommen ins Haus, und es ist ein altes Haus mit vielen großen Kaminen, in denen auf uralten Kaminböcken Holz brennt und wo finstere Porträts (zu denen manchmal auch finstere Geschichten gehören) misstrauisch von den eichenen Paneelen an den Wänden auf uns herabblicken. Wir sind ein Edelmann in den mittleren Jahren, und wir nehmen mit unserem Gastgeber und unserer Gastgeberin ein großzügiges Mahl ein – denn es ist Weihnachten, und das alte Haus ist voller Gesellschaft –, und dann gehen wir zu Bett. Unser Zimmer ist ein sehr altes Zimmer. Die Wände sind mit Gobelins behangen. Das Porträt eines Kavaliers über dem Kamin gefällt uns gar nicht. An der Decke sind große schwarze Balken, und es steht im Zimmer ein großes schwarzes Bett, dessen Fußende von zwei großen schwarzen Gestalten getragen wird, die anscheinend nur zu unseren Diensten von ein paar Grabmalen in der alten freiherrlichen Kirche im Park hergekommen sind. Aber wir sind ja kein sonderlich abergläubischer Herr, und das alles macht uns nichts aus. Nun, wir schicken unseren Bediensteten weg, schließen die Tür ab, setzen uns im Morgenmantel an den Kamin und grübeln über viele, viele Dinge nach. Endlich gehen wir zu Bett. Nun, wir können nicht einschlafen. Wir wälzen uns unruhig hin und her, und wir können nicht einschlafen. Die Glut im Kamin brennt unstet und taucht den Raum in gespenstisches Licht. Wir können nicht umhin, unter der Bettdecke hervor auf die zwei schwarzen Gestalten und den Kavalier zu spähen – jenen bösartig aussehenden Kavalier in Grün. Im flackernden Licht scheinen sie sich uns zu nähern und sich wieder zurückzuziehen, was, obwohl wir keineswegs ein abergläubischer Herr sind, gar nicht angenehm ist. Nun, wir werden nervös – nervöser und nervöser. Wir sagen uns: »Das ist sehr töricht, aber wir können das nicht ertragen; wir werden vorgeben, krank zu sein, und jemanden aus dem Schlaf aufwecken!« Nun, das wollen wir gerade tun, als die abgeschlossene Tür sich öffnet und eine junge Frau hereintritt, totenbleich und mit langem blondem Haar, die zum Kamin schwebt und sich auf den Stuhl setzt, den wir dort haben stehenlassen, und die Hände ringt. Dann bemerken wir, dass ihre Kleider nass sind. Unsere Zunge klebt am Gaumen, und wir können nicht sprechen; aber wir beobachten sie ganz genau. Ihre Kleider sind nass, ihr langes Haar ist mit feuchtem Schlamm durchzogen, sie ist nach der Mode von vor zweihundert Jahren gekleidet, und sie hat an ihrem Gürtel einen Bund rostiger Schlüssel.

Da sitzt sie nun, und wir können nicht einmal in Ohnmacht fallen, so sehr regt uns das alles auf. Jetzt erhebt sie sich und probiert ihre rostigen Schlüssel an allen Schlössern im Zimmer aus, aber keiner passt; dann richtet sie ihre Augen starr auf das Porträt des Kavaliers in Grün und sagt mit leiser schrecklicher Stimme: »Die Hirsche wissen es!« Danach ringt sie wieder die Hände, schreitet am Bett vorbei und geht zur Tür hinaus. Wir schlüpfen geschwind in unseren Morgenmantel, nehmen uns unsere Pistolen (wir reisen immer mit Pistolen) zur Hand und wollen ihr folgen, als wir feststellen, dass die Tür abgeschlossen ist. Wir drehen den Schlüssel um und schauen auf die dunkle Galerie hinaus; niemand da. Wir spazieren weiter und versuchen unseren Bediensteten zu finden. Nichts zu machen. Wir schreiten bis zum Morgengrauen auf der Galerie auf und ab; dann kehren wir in unser verlassenes Zimmer zurück, schlafen ein und werden von unserem Bediensteten (bei ihm spukt niemals etwas) und vom Sonnensschein geweckt. Nun, wir nehmen ein jämmerliches Frühstück zu uns, und alle in der Gesellschaft sagen, dass wir merkwürdig aussehen. Nach dem Frühstück gehen wir mit unserem Gastgeber durch das Haus und nehmen ihn mit zu dem Porträt des Kavaliers in Grün, und da kommt alles heraus. Er hat sich einer jungen Haushälterin gegenüber sehr schurkisch verhalten, die einmal bei dieser Familie war und die für ihre Schönheit berühmt war und sich in einem Teich ertränkt hat und deren Leiche man erst nach langer Zeit gefunden hatte, weil sich die Hirsche geweigert hatten, aus dem Teich zu trinken. Seither flüsterte man sich das Gerücht zu, dass sie nachts durch das Haus schreitet (aber besonders in das Zimmer geht, in dem der Kavalier in Grün zu schlafen pflegte) und die rostigen Schlüssel in den Schlössern ausprobiert. Nun, dann erzählen wir unserem Gastgeber, was wir gesehen haben, und ein Schatten legt sich über seine Züge, und er fleht uns an, es totzuschweigen; und das machen wir. Aber es ist alles wahr, und wir haben es, ehe wir gestorben sind (denn wir sind jetzt tot), vielen verantwortungsvollen Menschen erzählt.

Es gibt ja unendlich viele alte Häuser mit hallenden Galerien und grausigen Schlafzimmern und von Geistern heimgesuchten Gebäudeflügeln, die seit vielen Jahren verschlossen sind und durch die wir mit einem angenehmen Schaudern wandern können und wo wir unzählige Gespenster antreffen können, aber (diese Bemerkung ist vielleicht angebracht) sie lassen sich doch auf sehr wenige allgemeine Typen und Kategorien reduzieren, denn Gespenster sind nicht sonderlich originell und »beschreiten« mit

Vorliebe ausgetretene Pfade. So kommt es, dass es in einem bestimmten Zimmer in einem gewissen alten Landhaus, wo ein gewisser übler Lord, Baron oder Ritter oder Herr sich erschossen hat, immer gewisse Bodendielen gibt, von denen sich das Blut unter keinen Umständen abwaschen lässt. Da mag man kratzen und kratzen, wie es der jetzige Besitzer macht, oder hobeln und hobeln, wie es sein Vater gemacht hat, oder schrubben und schrubben, wie es sein Großvater gemacht hat, oder mit starken Säuren ätzen und ätzen, wie es sein Urgroßvater gemacht hat, das Blut ist immer noch da – wird nicht mehr und nicht weniger –, genau wie immer. So gibt es in einem anderen Haus eine verhexte Tür, die nicht offenbleiben will, oder eine andere Tür, die nicht geschlossen bleibt, oder das gespenstische Geräusch eines Spinnrads oder eines Hammers oder Schritte oder einen Schrei oder ein Seufzen oder das Hufgetrappel eines Pferdes oder Kettenrasseln. Oder es gibt eine Turmuhr, die um Mitternacht dreizehn schlägt, wenn das Oberhaupt der Familie sterben wird, oder eine schattenhafte unbewegliche schwarze Kutsche, die zu diesem Zeitpunkt stets irgendwer sieht, wartet beim großen Tor des Stallhofes auf ihn. Oder es geschah einmal, dass Lady Mary einen Besuch in einem großen einsamen Haus im schottischen Hochland abstattete und sich, ermüdet von der langen Reise, früh zu Bett begab und in aller Unschuld am nächsten Morgen am Frühstückstisch sagte: »Wie seltsam, dass ihr so spät in der Nacht in diesem abgelegenen Haus ein Fest gefeiert und mir nichts davon gesagt habt, ehe ich zu Bett ging!« Da fragten alle, was sie wohl damit meinte? Und Lady Mary erwiderte: »Nun, die ganze Nacht lang sind die Kutschen unter meinem Fenster immerzu im Kreise herumgefahren!« Darauf erbleichte der Besitzer des Hauses und seine Gattin desgleichen, und Charles Macdoodle of Macdoodle bedeutete Lady Mary durch ein Zeichen, nicht weiterzusprechen, und alle waren still. Nach dem Frühstück erklärte Charles Macdoodle Lady Mary, es sei eine Familientradition, dass diese rumpelnden Kutschen auf der Terrasse den Tod bedeuteten. Und so war es auch, denn zwei Monate später starb die Dame des Hauses. Und Lady Mary, die Ehrendame bei Hof war, erzählte der alten Königin Charlotte diese Geschichte oft; und der alte König sagte dann immer: »He? He? Was, was? Geister, Geister? So was gibt's nicht!« Und sagte es immer und immer wieder, bis er zu Bett ging.

Oder ein Freund von jemand, den die meisten von uns kennen, hatte, als er ein junger Mann und auf der Universität war, einen besonderen Freund, mit dem er den Pakt schloss, wenn es möglich sei, dass der Geist nach seiner Trennung vom Körper wieder auf die Erde zurückkehre, sollte derjenige von den beiden, der zuerst starb, dem anderen erscheinen. Mit der Zeit geriet dieser Pakt bei unserem Freund in Vergessenheit, nachdem die beiden jungen Männer im Leben vorangeschritten waren und verschiedene Pfade eingeschlagen hatten, die weit voneinander entfernt lagen. Aber eines Nachts, viele Jahre später, weilte unser Freund im Norden Englands und verbrachte die Nacht in einem Gasthaus in den Yorkshire Mooren und schaute aus dem Bett; und da sah er im Mondlicht, an einen Schreibtisch beim Fenster gelehnt, ihn geradewegs anblickend, seinen alten Universitätsfreund! Feierlich angesprochen, erwiderte die Erscheinung in einer Art Flüstern, aber sehr hörbar: »Komm nicht in meine Nähe: Ich bin tot. Ich bin hier, um mein Versprechen einzulösen. Ich komme aus einer anderen Welt, aber ich darf ihre Geheimnisse nicht enthüllen!« Dann wurde die ganze Gestalt blasser, verschmolz sozusagen mit dem Mondschein und verschwand.

Oder da war die Tochter des ersten Bewohners des malerischen Hauses aus der Zeit der Königin Elisabeth, das in der Gegend so berühmt war. Ihr habt doch schon von ihr gehört? Nein! Nun, sie ging eines

Sommerabends im Dämmerlicht hinaus, als sie eine wunderschöne junge Frau war, gerade einmal siebzehn Jahre alt, um im Garten Blumen zu pflücken, und sogleich kam sie, völlig verstört, zu ihrem Vater in das Haus zurückgelaufen und rief: »Oh, lieber Vater, ich bin mir selbst begegnet!« Er nahm sie in die Arme und erklärte ihr, das sei alles Einbildung, aber sie sagte: »O nein! Ich bin mir selbst auf dem breiten Gartenpfad begegnet, und ich war bleich und pflückte welke Blumen und drehte mir den Kopf zu und hielt die Blumen in die Höhe!« Und in jener Nacht starb sie; und ein Gemälde von dieser Geschichte wurde begonnen, aber nie vollendet, und man sagt, dass es bis heute irgendwo im Haus ist, aber mit dem Bildnis zur Wand.

Oder der Onkel des Bruders meiner Frau ritt eines milden Abends bei Sonnenuntergang hoch zu Ross nach Hause, als er auf einem grünen Pfad in der Nähe seines Heims einen Mann vor sich stehen sah, mitten auf dem schmalen Weg. Warum steht der Mann im Umhang da?, überlegte er. Will er, dass ich ihn umreite? Aber die Gestalt rührte sich nicht vom Fleck. Er spürte ein seltsames Gefühl, als er die Gestalt da so still stehen sah, verlangsamte aber seinen Schritt und ritt weiter. Als er ihr so nah war, dass er sie schon beinahe mit dem Steigbügel berührte, scheute sein Pferd, und die Gestalt glitt die Böschung hinauf, auf eine sehr seltsame, beinahe überirdische Art – rückwärts und scheinbar ohne ihre Füße zu benutzen – und war fort. Der Onkel des Bruders meiner Frau rief: »Großer Gott! Das ist doch mein Vetter Harry aus Bombay!«, gab seinem Pferd die Sporen, das plötzlich in starken Schweiß ausbrach. Er wunderte sich über dieses Verhalten und sprengte weiter zur Vordertür seines Hauses. Dort sah er dieselbe Gestalt, wie sie gerade durch die hohe Terrassentür des Wohnzimmers ging. Er warf einem Bediensteten seinen Zügel zu und eilte ihr nach. Dort saß seine Schwester allein. »Alice, wo ist mein Vetter Harry?« – »Dein Vetter Harry, John?« – »Ja, der aus Bombay. Ich bin ihm vorhin auf dem Weg begegnet und habe ihn gerade eben hier hineingehen sehen.« Niemand hatte irgendjemanden gesehen; und wie sich später herausstellte, war in dieser Stunde und Minute sein Vetter in Indien gestorben.

Oder da gab es eine gewisse, sehr vernünftige alte Jungfer, die mit neunundneunzig Jahren starb und bis zuletzt über ihre vollen geistigen Kräfte verfügte, die wirklich einen Waisenjungen gesehen hat; diese Geschichte ist oft falsch wiedergegeben worden, aber die Begebenheit war tatsächlich so – denn dies ist eine Geschichte, die in unsere Familie gehört –, und die Dame hatte eine Verbindung zu unserer Familie. Als sie etwa vierzig Jahre alt war und immer noch eine außergewöhnlich stattliche Frau (ihr Liebster war jung gestorben, was auch der Grund dafür war, dass sie nie geheiratet hatte, obwohl sie viele Angebote bekommen hat), reiste sie nach Kent und hielt sich in einem Haus auf, das ihr Bruder, ein Kaufmann, der mit Indien Handel trieb, gerade eben gekauft hatte. Man erzählte sich, dass dieses Haus einmal vom Vormund eines Jungen treuhänderisch verwaltet worden war; der war selbst der nächste Erbe und hatte den Jungen durch harte und grausame Behandlung umgebracht. Die Dame wusste nichts von alldem. Man erzählt sich, dass in ihrem Schlafzimmer ein Käfig stand, in den der Vormund den Jungen zu sperren pflegte. Da war natürlich nichts dergleichen. Es gab nur einen Schrank. Sie ging zu Bett, schlug während der Nacht keinen Alarm und fragte am nächsten Morgen in aller Seelenruhe ihre Zofe, als die hereinkam: »Wer ist denn das hübsche, so verloren aussehende Kind, das die ganze Nacht über aus dem Schrank geschaut hat?« Die Zofe reagierte mit einem schrillen Schrei und machte sich unverzüglich aus dem Staub. Die Dame war überrascht, aber sie war eine Frau von beträchtlicher geistiger Stärke, und sie zog sich ohne Hilfe an und ging nach unten und setzte sich mit ihrem Bruder zusammen. »Nun, Walter«, sagte sie, »in der Nacht wurde ich von einem hübschen, sehr verloren aussehenden Jungen gestört, der die ganze Zeit über aus dem Schrank in meinem Zimmer geschaut hat, den ich nicht aufbringen kann. Das ist irgendein Trick.« – »Leider nicht, Charlotte«, sagte der Bruder, »denn es ist eine Geschichte, die zum Haus gehört. Es ist der Waisenjunge. Was hat er getan?« – »Er hat die Tür leise aufgemacht«, sagte sie, »und herausgeschaut. Manchmal kam er ein, zwei Schritte in den Raum hinein. Dann habe ich ihn gerufen, um ihn zu ermutigen, und er schrak zurück und schauderte und kroch wieder in den Schrank und machte die Tür zu.« – »Charlotte, der Schrank hat keinerlei Verbindung«, sagte ihr Bruder, »mit irgendeinem anderen Teil des Hauses, und er ist zugenagelt.« Das war unbestreitbar wahr, und zwei Schreiner brauchten einen ganzen Vormittag, um ihn aufzubekommen, damit man ihn untersuchen konnte. Dann war sie überzeugt, dass sie wirklich den Waisenjungen gesehen hatte. Aber das Wundersame und Schreckliche an dieser Geschichte ist, dass der Waisenjunge auch von den drei Söhnen ihres Bruders nacheinander gesehen wurde, die alle jung starben. Jedes Mal, wenn eines dieser Kinder krank wurde, war es zwölf Stunden zuvor erhitzt nach Hause gekommen und hatte gesagt, o Mama, es hätte auf einer gewissen Wiese unter einem besonderen Eichbaum mit einem fremden Jungen gespielt – mit einem hübschen, verloren aussehenden Jungen, der sehr menschenscheu war und ihm Zeichen machte! Aus tödlicher Erfahrung lernten die Eltern dann, dass dies der Waisenjunge war und dass für das Kind, das er sich als Spielgefährten ausgewählt hatte, das Schicksal gewiss vorgezeichnet war.

Aus »A Christmas Tree«, 1850.

Der Rechtsanwalt und der Geist

Ich kannte einmal einen Mann – lasst mich nachdenken, vor etwa vierzig Jahren –, der jämmerliche baufällige Zimmer in einer der ältesten Advokatenkammern anmietete. Es gab ja viele Altweibergeschichten über dieses Haus, und ganz gewiss war es alles andere als ein fröhlicher Ort; aber der Mann war arm, und die Zimmer waren billig, und das allein wäre für ihn ein ausreichender Grund gewesen, wenn sie noch zehnmal schlechter gewesen wären, als sie es tatsächlich waren.

Er musste auch einige morsche Einrichtungsgegenstände übernehmen, die dort standen. Unter anderem befand sich da ein riesiger schwerer Schrank für Papiere, mit großen Glastüren und einem grünen Vorhang dahinter; für ihn ein ziemlich nutzloses Ding, denn er hatte keine Papiere, die er hätte hineinlegen können; und was seine Kleider betraf, so trug er sie am Leibe, und das war keine sonderlich schwere Last.

Nun, er hatte all seine Möbel hergebracht – nicht einmal ein Fuhrwerk voll – und sie im Zimmer verteilt, damit die vier Stühle möglichst eher nach einem Dutzend aussahen, und er setzte sich abends vor den Kamin, trank das erste Glas von zwei Gallonen Whisky, die er auf Kredit bestellt hatte, und fragte sich, ob er sie je würde bezahlen können und wenn ja, in wie vielen Jahren, da fielen seine Augen auf die Glastüren des hölzernen Schranks.

»Ah«, sagte er, »wenn ich nicht gezwungen gewesen wäre, dieses hässliche Ding zu dem von dem alten Makler geschätzten Preis zu übernehmen, hätte ich mit dem Geld etwas sehr Bequemes kaufen können. Ich sag's dir, wie es ist, alter Knabe«, sagte er und redete den Schrank laut an, weil sonst niemand da war, mit dem er hätte reden können. »Wenn es mich nicht mehr kosten würde, deinen alten Kadaver zu zerhacken, als das Holz hinterher wert wäre, dann hätte ich im Nu ein fröhliches Feuerchen aus dir gemacht.«

Kaum hatte er diese Worte ausgesprochen, als aus dem Inneren des Schrankes ein Geräusch ertönte, das entfernt einem schwachen Stöhnen glich. Zuerst erschreckte es ihn, aber nach kurzem Überlegen dachte er sich, dass es ein junger Kerl im Zimmer nebenan sein musste, der außerhalb zu Abend gegessen hatte, und dann stellte er seinen Fuß auf das Kamingitter und nahm das Schüreisen in die Hand, um im Feuer zu stochern.

Genau in dem Augenblick wiederholte sich das Geräusch; eine der Glastüren öffnete sich langsam und gab den Blick auf eine bleiche, ausgezehrte Gestalt in verschmutzten und verschossenen Kleidern frei, die aufrecht in dem Schrank stand. Die Gestalt war lang und dünn, und ihre Miene drückte Sorge und Angst aus; aber es war irgendetwas an der Hautfarbe und an der hageren und unwirklichen Erscheinung, was man bei keinem Wesen von dieser Welt je gesehen hätte.

»Wer seid Ihr?«, fragte der neue Mieter, der sehr bleich geworden war; er reckte jedoch den Schürhaken in die Höhe und zielte recht ordentlich auf die Gestalt. »Wer seid Ihr?«

»Werft nicht mit dem Schürhaken nach mir«, erwiderte die Gestalt. »Wenn Ihr noch so gut zielen würdet, er würde doch ohne jeglichen Widerstand durch mich hindurchgehen und all seine Gewalt am Holz hinter mir auslassen. Ich bin ein Geist.«

»Und was bitte wollt Ihr hier?«, fragte der Mieter zögerlich.

»In diesem Zimmer«, erwiderte die Erscheinung, »wurde mein weltlicher Ruin herbeigeführt, und ich und meine Kinder, wir wurden dadurch an den Bettelstab gebracht. In diesem Schrank wurden die Papiere zu einem langen, unendlich langen Prozess abgelegt, die sich über viele Jahre hinweg angesammelt hatten. In diesem Zimmer teilten, nachdem ich längst vor Kummer und immer wieder vereitelter Hoffnung gestorben war, zwei schlaue, raffgierige Kerle die Reichtümer untereinander auf, um die ich mein ganzes jämmerliches Leben lang gekämpft hatte und von denen schließlich für meine unglückseligen Nachkommen kein einziger halber Penny übriggeblieben war. Ich habe die beiden als Gespenst von diesem Ort vertrieben, und seit dieser Zeit schleiche ich bei Nacht – denn nur dann kann ich die Erde besuchen – am Ort meines so lang ausgedehnten Jammers umher. Dieses Zimmer gehört mir: überlasst es mir.«

»Wenn Ihr darauf besteht, hier zu erscheinen«, sagte der Mieter, der während dieser in Prosa vorgebrachten Aussage der Gestalt Zeit gehabt hatte, seine Geistesgegenwart wiederzugewinnen, »dann gebe ich es natürlich mit dem größten Vergnügen auf; aber ich würde Euch gern eine Frage stellen, wenn Ihr erlaubt.«

»Nur zu«, erwiderte die Erscheinung ernst.

»Nun«, hob der Mieter an, »ich mache diese Beobachtung nicht bei Euch, denn sie gilt gleichermaßen auch für die meisten anderen Geister, von denen ich gehört habe; es erscheint mir jedoch ein wenig inkonsequent, dass Ihr, da Ihr die Möglichkeit habt, die entferntesten Enden der Welt zu besuchen – denn ich nehme an, Raum und Entfernung sind für Euch kein Hindernis? –, immer an den Ort zurückkehrt, an dem Ihr am unglücklichsten wart.«

»Wahrhaftig, das stimmt; das habe ich noch nie bedacht«, sagte der Geist.

»Ihr seht, mein Herr«, fuhr der Mieter fort, »dies ist ein sehr ungemütliches Zimmer. Wenn ich mir den Schrank anschaue, dann nehme ich durchaus an, dass er nicht ganz frei von Ungeziefer ist; und ich glaube wirklich, Ihr könntet entschieden gemütlichere Unterkunft finden. Ganz zu schweigen vom Klima in London, das außerordentlich unangenehm ist.«

»Da habt Ihr recht, mein Herr«, antwortete der Geist höflich, »es ist mir noch nie zuvor in den Sinn gekommen. Ich werde es gleich mit einer Luftveränderung versuchen« – und tatsächlich begann er noch während dieser Worte zu schwinden, seine Beine waren wahrhaftig schon fort.

»Und falls Ihr, mein Herr«, rief ihm der Mieter noch nach, »falls Ihr die Güte hättet, den anderen Damen und Herren Geistern, die im Augenblick in alten leeren Häusern herumspuken, anzudeuten, dass sie es anderswo wesentlich bequemer haben könnten, würdet ihr der Menschheit einen großen Dienst erweisen.«

»Das mache ich«, erwiderte der Geist. »Was müssen wir für stumpfsinnige Gesellen sein – sehr stumpfsinnig, in der Tat; ich kann mir gar nicht vorstellen, wie wir so töricht sein konnten.«

Mit diesen Worten verschwand der Geist; und was noch bemerkenswerter ist, er kam nie wieder.

Vier Gespenstergeschichten

Die erste Geschichte

Vor einigen wenigen Jahren erhielt ein wohlbekannter englischer Künstler einen Auftrag von Lady F..., nämlich ein Porträt ihres Ehemanns zu malen. Es wurde vereinbart, dass er diesen Auftrag in F... Hall auf dem Land ausführen sollte, weil er zu viele Verpflichtungen hatte, als dass es ihm möglich gewesen wäre, ein neues Werk zu beginnen, ehe die Londoner Saison vorüber war. Da er auf vertrautem Fuß mit seinen Auftraggebern stand, war diese Vereinbarung für alle Beteiligten sehr zufriedenstellend, und so machte er sich am 13. September guten Mutes auf, um seinen Auftrag zu erfüllen.

Er nahm den Zug zu dem Bahnhof, der F... Hall am nächsten gelegen war, und saß, als die Reise losging, allein in einem Abteil. Seine Einsamkeit sollte jedoch nicht lange währen. Am ersten Bahnhof nach London betrat eine junge Dame das Abteil und setzte sich in die ihm gegenüberliegende Ecke. Sie wirkte sehr zart, und aus ihrer Miene sprach eine bemerkenswerte Mischung aus Süße und Traurigkeit, was natürlich einem so aufmerksamen und feinfühligen Mann nicht entging. Eine Zeitlang äußerte keiner der beiden eine einzige Silbe. Aber schließlich machte der Herr die unter solchen Umständen angebrachten Anmerkungen über das Wetter und die Landschaft, und nachdem so das Eis gebrochen war, fingen sie ein Gespräch an. Sie sprachen über Malerei. Der Künstler war sehr überrascht über die intimen Kenntnisse, die die junge Dame über ihn und seine Aktivitäten zu haben schien. Er war sich ziemlich sicher, dass er sie noch nie gesehen hatte. Seine Überraschung wurde keineswegs geringer, als sie sich plötzlich erkundigte, ob er aus der Erinnerung das Porträt einer Person anfertigen könnte, die er nur einmal, höchstens zweimal gesehen hatte? Er zögerte mit seiner Antwort, als sie hinzufügte: »Glauben Sie zum Beispiel, dass Sie mich aus der Erinnerung malen könnten?«

Er antwortete, dass er sich nicht ganz sicher sei, dass er es aber vielleicht schaffen könnte.

»Nun«, sagte sie, »schauen Sie mich noch einmal an. Vielleicht müssen Sie ja ein Porträt von mir malen.«

Er entsprach dieser seltsamen Bitte, und sie fragte ihn recht angeregt: »Und, glauben Sie jetzt, dass Sie es könnten?«

»Ich denke schon«, erwiderte er, »aber ich kann es nicht sicher sagen.« In diesem Augenblick blieb der Zug stehen. Die junge Dame erhob sich von ihrem Platz, lächelte den Maler freundlich an, sagte ihm Lebewohl und fügte beim Verlassen des Abteils noch hinzu: »Wir werden uns bald wiedersehen.« Der Zug ratterte weiter, und Mr. H... (der Künstler) war seinen eigenen Gedanken überlassen.

Der Zug erreichte den Bahnhof pünktlich, und Lady F...s Kutsche stand dort bereit, um den erwarteten Gast abzuholen. Sie beförderte ihn nach einer angenehmen Fahrt an sein Reiseziel, eines der »prächtigen Herrenhäuser Englands«, und lud ihn an der Eingangstür ab, wo ihn sein Gastgeber und seine Gastgeberin willkommen hießen. Eine freundliche Begrüßung folgte, und man zeigte ihm sein Zimmer, denn es war schon beinahe Zeit fürs Abendessen.

Nachdem er sich frisch gemacht hatte und in den Salon hinuntergegangen war, erblickte Mr. H... zu seiner Überraschung und großen Freude seine junge Mitreisende aus dem Eisenbahnabteil, die auf einer der Ottomanen saß. Sie begrüßte ihn mit einem Lächeln und bestätigte mit einem Nicken, dass sie ihn wiedererkannte. Sie saß beim Essen an seiner Seite, redete zwei- oder dreimal mit ihm, beteiligte sich an den allgemeinen Tischgesprächen und schien sich völlig zu Hause zu fühlen. Mr. H... hegte keinen Zweifel, dass sie eine vertraute Freundin seiner Gastgeberin war. Der Abend verstrich äußerst angenehm. Das Gespräch wandte sich den schönen Künsten im Allgemeinen und der Malerei im Besonderen zu, und Mr. H... wurde gebeten, einige der Skizzen zu zeigen, die er aus London mitgebracht hatte. Er holte sie bereitwilligst, und die junge Dame interessierte sich sehr dafür.

Zu später Stunde ging die Gesellschaft auseinander, und alle zogen sich auf ihre jeweiligen Gemächer zurück.

Früh am nächsten Morgen verlockte der strahlende Sonnenschein Mr. H... dazu, sein Zimmer zu verlassen, um in den Park hinauszuspazieren. Der Salon führte auf den Garten hinaus; als er durch das Zimmer ging, erkundigte er sich bei einem Bediensteten, der gerade damit beschäftigt war, die Möbel zurechtzurücken, ob die junge Dame schon nach unten gekommen wäre.

»Welche junge Dame, Sir?«, fragte der Mann mit einiger Überraschung.

»Die junge Dame, die gestern Abend hier diniert hat.«

»Gestern Abend hat keine junge Dame hier diniert, Sir«, erwiderte der Mann und starrte ihn an.

Der Maler sagte nichts weiter und dachte bei sich, dass der Bedienstete entweder sehr dumm war oder ein außerordentlich schlechtes Gedächtnis hatte. Also ging er aus dem Zimmer und spazierte in den Park hinaus.

Er kehrte gerade zum Haus zurück, als sein Gastgeber ihm entgegenkam. Sie tauschten die üblichen morgendlichen Grüße aus.

»Ihre hübsche junge Freundin ist schon fort?«, bemerkte der Künstler.

»Welche junge Freundin?«, erkundigte sich der Herr des Hauses.

»Die junge Dame, die gestern Abend hier diniert hat«, antwortete Mr. H....

»Ich kann mir nicht denken, von wem Sie da sprechen«, erwiderte der Herr, außerordentlich überrascht.

»Hat nicht gestern Abend hier eine junge Dame diniert und den Abend verbracht?«, fragte Mr. H... beharrlich weiter, der sich nun seinerseits Gedanken zu machen begann.

»Nein«, erwiderte sein Gastgeber, »ganz gewiss nicht. Es war niemand bei Tisch außer Ihnen selbst, meiner Gattin und mir.«

Nach dieser Begegnung wurde das Thema nie wieder angesprochen, und doch konnte unser Künstler kaum glauben, dass er einer Täuschung erlegen war. Wenn alles ein Traum war, dann war es ein zweigeteilter Traum. So gewiss, wie die junge Dame seine Mitreisende im Abteil gewesen war, so gewiss hatte sie am Abend neben ihm am Tisch gesessen. Und doch kam sie nicht wieder; und alle im Haus außer ihm schienen sich ihrer Existenz nicht bewusst zu sein.

Er vollendete das Porträt, für das man ihn engagiert hatte, und kehrte nach London zurück.

Zwei ganze Jahre lang ging er seinem Beruf nach und erwarb sich einen zunehmend guten Ruf und arbeitete viel. Und doch vergaß er in all dieser Zeit keine einzige Linie aus dem schönen jungen Gesicht seiner Mitreisenden. Er hatte keinerlei Vorstellung, wie er herausfinden könnte, wo sie hergekommen war oder wer sie war. Er dachte oft an sie, sprach aber mit niemandem über sie. Die ganze Angelegenheit war von einem großen Geheimnis umgeben, das ihm Schweigen auferlegte. Die Sache war außergewöhnlich, seltsam und gänzlich unerklärlich.

Mr. H... wurde geschäftlich nach Canterbury gerufen. Ein alter Freund – den ich Mr. Wylde nennen will – wohnte dort. Mr. H..., der sehr erpicht darauf war, ihn zu sehen und nur wenige Stunden zur Verfügung hatte, schrieb ihm, sobald er sein Hotel erreicht hatte, und bat Mr. Wylde, ihn dort zu besuchen. Zur vereinbarten Zeit ging die Tür zu seinem Zimmer auf, und Mr. Wylde wurde angekündigt. Er war dem Künstler völlig unbekannt, und die Begegnung zwischen den beiden nahm leicht unbehagliche Züge an. Nach einigen Erklärungen stellte sich heraus, dass Mr. H...s Freund vor einiger Zeit Canterbury verlassen hatte, dass der Herr, der ihm nun von Angesicht zu Angesicht gegenüberstand, ein anderer Mr. Wylde war, dass man ihm die Nachricht überbracht hatte, die für den Abwesenden bestimmt gewesen war, und dass er der Aufforderung gefolgt war, weil er annahm, es handle sich um eine geschäftliche Angelegenheit.

Nachdem die erste kühle Begrüßung und Überraschung überwunden waren, begannen die beiden Herren ein freundlicheres Gespräch; denn Mr. H... hatte seinen Namen genannt, und der war dem Besucher nicht unbekannt. Als sie sich eine Weile unterhalten hatten, fragte Mr. Wylde dann Mr. H..., ob er je nach einer bloßen Beschreibung ein Bild gemalt hatte oder vielleicht malen könnte. Mr. H... antwortete, nein, niemals.

»Ich stelle Ihnen diese seltsame Frage«, sagte Mr. Wylde, »weil ich vor ungefähr zwei Jahren eine liebe Tochter verloren habe. Sie war mein einziges

Kind, und ich liebte sie von Herzen. Ihr Verlust hat mich schwer getroffen, und meine Trauer ist nur umso größer, als ich kein Bildnis von ihr habe. Sie sind ein Mann von ungewöhnlichem Talent. Wenn Sie mir ein Porträt meines Kindes malen könnten, wäre ich Ihnen sehr dankbar.«

Dann beschrieb Mr. Wylde die Züge und Erscheinung seiner Tochter und die Farbe ihrer Augen und ihres Haars und versuchte ihm einen Eindruck von ihrem Gesichtsausdruck zu vermitteln. Mr. H... hörte aufmerksam zu, und da er großes Mitgefühl mit diesem Schmerz empfand, fertigte er eine Skizze an. Er hatte nicht gedacht, dass sie der Tochter ähnlich sehen würde, hoffte aber, dass der trauernde Vater sie vielleicht für ähnlich halten würde. Doch der Vater schüttelte nur den Kopf, als er die Skizze sah, und sagte: »Nein, das sieht ihr gar nicht ähnlich.« Erneut versuchte es der Künstler, und erneut misslang es. Die Gesichtszüge waren ziemlich hübsch, aber der Ausdruck war nicht ihrer; und der Vater wandte sich ab, dankte Mr. H... für seine freundlichen Versuche, hatte aber die Hoffnung auf ein erfolgreiches Ergebnis aufgegeben. Plötzlich kam dem Maler ein Gedanke; er nahm ein weiteres Blatt Papier zur Hand, fertigte mit kraftvollen Strichen eine schnelle Skizze an und reichte sie seinem Besucher. Sofort erhellte ein strahlender Blick des Erkennens und der Freude das Gesicht des Vaters, und er rief aus: »Das ist sie! Sicherlich haben Sie meine Tochter gesehen, sonst hätten sie kein so vollkommenes Bildnis zeichnen können!«

»Wann ist Ihre Tochter gestorben?«, fragte der Maler erregt.

»Vor zwei Jahren, am 13. September. Sie starb am Nachmittag nach einigen Tagen schwerer Krankheit.«

Mr. H... dachte nach, sagte aber nichts. Das Bild dieses schönen jungen Gesichts war wie mit einer Diamantnadel in sein Gedächtnis gegraben, und nun erfüllten sich ihre seltsam prophetischen Worte.

Wenige Wochen danach, sobald er ein wunderschönes Bildnis der jungen Dame in Lebensgröße ausgeführt hatte, schickte er es dem Vater, und alle, die sie je gesehen hatten, erklärten, dass es ihr vollkommenes Abbild sei.

Die zweite Geschichte

Zu den Freunden meiner Familie gehörte eine junge Schweizer Dame, die in ihrer Kindheit verwaist war und der nur ein einziger Bruder geblieben war. Sie wurde, genau wie ihr Bruder, von einer Tante großgezogen, und die Kinder, die so im Schicksal vereint waren, hingen sehr aneinander. Mit zweiundzwanzig Jahren bekam der junge Mann eine Anstellung in Indien, und der schreckliche Tag rückte näher, an dem sie voneinander getrennt würden. Ich brauche die Qualen nicht zu beschreiben, die Menschen unter diesen Umständen erleiden. Einzigartig war jedoch die Methode, mit der diese beiden versuchten, den Kummer der Trennung zu mildern. Sie kamen überein, wenn einer von ihnen vor der Rückkehr des jungen Mannes sterben sollte, sollte der Tote dem Lebenden erscheinen.

Der junge Mann reiste ab. Die junge Frau heiratete wenig später einen schottischen Herrn und verließ ihr Zuhause, um das Licht und die Zierde seines Heims zu werden. Sie war eine hingebungsvolle Ehefrau, aber ihren Bruder vergaß sie niemals. Sie korrespondierte regelmäßig mit ihm, und die schönsten Tage im ganzen Jahr waren diejenigen, die ihr Briefe aus Indien brachten.

Eines kalten Wintertags, zwei oder drei Jahre nach ihrer Heirat, saß sie bei der Arbeit an einem großen, hell lodernden Feuer in ihrem Schlafzimmer im Obergeschoss. Es war um die Mittagszeit, und ihr Zimmer war von Licht durchflutet. Sie war sehr beschäftigt, als ein merkwürdiger Impuls sie dazu brachte, den Kopf zu heben und sich umzuschauen. Die Tür war leicht offen, und in der Nähe ihres großen alten Bettes stand eine Gestalt, die sie sofort als die ihres Bruders erkannte. Mit einem Schrei des Entzückens sprang sie auf, lief ihm entgegen und rief: »O Henry! Wie konntest du mich so überraschen! Du hast mir nie geschrieben, dass du kommen würdest!« Aber er winkte nur traurig mit der Hand und bedeutete ihr, nicht näher zu kommen, und sie blieb wie angewurzelt stehen. Er machte einen Schritt auf sie zu und sagte leise: »Erinnerst du dich an unsere Abmachung? Ich bin gekommen, um sie einzuhalten.« Und dann trat er näher und legte ihr die Hand auf den Unterarm. Die Hand war eiskalt, und die junge Frau schauderte bei dieser Berührung. Ihr Bruder lächelte ein leises, trauriges Lächeln, dann winkte er noch einmal, wandte sich um und verließ das Zimmer.

Als die Dame aus einer langen Ohnmacht erwachte, war an ihrem Handgelenk ein Mal, das dort bis zu ihrem Tode blieb. Die nächste Post aus Indien brachte einen Brief, der sie darüber in Kenntnis setzte, dass ihr Bruder an genau dem Tag und zu genau der Stunde gestorben war, als er zu ihr ins Zimmer gekommen war.

Die dritte Geschichte

Hoch über den Wassern des Firth of Forth lebte einmal im Königreich Fife vor vielen Jahren eine alteingesessene Familie. Es waren aufrechte, gastfreundliche Menschen und angestammte Jakobiten. Die Familie bestand aus dem Gutsherrn oder Laird, wie die Schotten ihn nennen – einem Mann in vorgerücktem Alter –, seiner Frau, drei Söhnen und vier Töchtern. Die Söhne wurden in die Welt hinausgeschickt, jedoch nicht in den Diensten der regierenden Königsfamilie. Die Töchter waren alle jung und unverheiratet, und die älteste und die jüngste waren einander sehr zugetan. Sie schliefen im selben Zimmer, teilten dasselbe Bett miteinander und hatten keine Geheimnisse voreinander. Nun geschah es, dass unter den Besuchern des alten Hauses ein junger Marineoffizier war, dessen Zweimaster oft in den nahe gelegenen Häfen vor Anker ging. Er wurde freundlich aufgenommen, und zwischen ihm und der älteren der beiden Schwestern knüpften sich zarte Bande.

Doch die Aussicht auf eine solche Verbindung gefiel der Mutter der Dame nicht sonderlich, und ohne dass man ihnen je ausdrücklich gesagt hatte, dies dürfte niemals geschehen, riet man den Liebenden, sich zu trennen. Der dringende Einspruch, den man vorbrachte, war, dass sie es sich augenblicklich nicht leisten könnten zu heiraten und dass sie auf bessere Zeiten warten müssten. Damals betrachtete man das Wort der Eltern – zumindest in Schottland – als eine Schicksalsfügung, und die junge Dame hatte das Gefühl, ihr bliebe nichts anderes übrig, als ihrem Liebsten Lebewohl zu sagen. Er sah das nicht so. Er war ein feiner, kühner Mensch, und er nahm die alte Dame beim Wort und war fest entschlossen, sein Möglichstes zu tun, um seine weltlichen Geschicke zu befördern.

Zu dieser Zeit herrschte Krieg mit irgendeinem Land im Norden – ich glaube, mit Preußen –, und der Liebhaber, der Verbindungen zum Marineamt hatte, bat, man möge ihn an die Ostsee schicken. Sein Wunsch wurde ihm erfüllt. Niemand mischte sich ein, um die jungen Leute daran zu hindern, einander zärtlich Lebewohl zu sagen, und so nahmen sie Abschied, er voller Hoffnung, sie niedergeschlagen. Es wurde ausgemacht, dass er bei jeder sich bietenden Gelegenheit schreiben würde; und zweimal in der Woche – an den Posttagen im benachbarten Dorf – stieg die jüngere Schwester auf ihr Pony und ritt dorthin, um die Briefe abzuholen. Über jeden Brief, der ankam, herrschte viel verborgene Freude.

Und oft saßen die Schwestern ganze Winternächte lang am Fenster und lauschten auf das Brüllen des Meeres an den Felsen und hofften und beteten, dass jedes Licht, das sie in der Ferne erspähten, die Signallaterne wäre, die an der Mastspitze hing und ihnen anzeigte, dass sein Zweimaster sich näherte. So schlichen die Wochen mit immer wieder vergeblicher Hoffnung dahin, und dann setzte eine Flaute in der Korrespondenz ein. Posttag auf Posttag verging, ohne dass Briefe von der Ostsee kamen, und der Schmerz der Schwestern, besonders der Verlobten, wurde nahezu unerträglich.

Die beiden schliefen, wie ich schon gesagt habe, im selben Zimmer, und ihr Fenster ging beinahe direkt auf die Wasser des Firth of Forth hinaus. Eines Nachts wurde die jüngere Schwester vom lauten Stöhnen der älteren aus dem Schlaf gerissen. Sie hatten sich angewöhnt, eine Kerze im Zimmer brennen zu lassen und sie ins Fenster zu stellen. Die armen Mädchen dachten nämlich, sie könnte dem Zweimaster als Leuchtturm dienen. Beim Licht dieser Kerze sah sie, dass ihre Schwester sich im Bett wälzte und in ihrem Schlaf sehr verstört war. Nach einigem Zögern beschloss sie, die Schlafende zu wecken, die mit einem heftigen Schrei auffuhr, ihr langes Haar mit den Händen nach hinten strich und rief: »Was hast du getan! Was hast du getan!« Ihre Schwester versuchte sie zu beruhigen und fragte sie zärtlich, ob irgendetwas sie geängstigt hätte. »Geängstigt!«, versetzte sie, immer noch sehr verstört. »Nein!, aber ich habe ihn gesehen! Er ist zur Tür hereingekommen und kam zum Fußende des Bettes. Er sah sehr bleich aus, und sein Haar war nass. Er wollte gerade mit mir sprechen, als du ihn verjagt hast. O was hast du getan! Was hast du getan!«

Ich glaube nicht, dass ihr der Geist ihres Geliebten wirklich erschienen war, aber eines ist sicher: Die nächste Post von der Ostsee brachte die Nachricht, dass der Zweimaster mit Mann und Maus in einem Sturm untergegangen war.

Die vierte Geschichte

Als meine Mutter ein Mädchen von etwa acht oder neun Jahren war und in der Schweiz lebte, mietete sich der Graf R... von Holstein, der zur Kur in die Schweiz kam, ein Haus in Vevay, mit der Absicht, dort zwei oder drei Jahre zu verbringen. Schon bald machte er die Bekanntschaft der Eltern meiner Mutter, und diese Bekanntschaft reifte zu einer Freundschaft heran. Sie trafen einander ständig und mochten einander immer mehr. Meine Großmutter, die die Absichten des Grafens bezüglich seines Aufenthaltes kannte, war sehr überrascht, als sie eines Morgens eine kurze, hastig geschriebene Nachricht von ihm erhielt, in der er sie darüber in Kenntnis setzte, dass dringende und unerwartete Angelegenheiten ihn zwangen, noch an diesem Tag nach Deutschland zurückzureisen. Er fügte des weiteren hinzu, es täte ihm sehr leid, aber er müsse wirklich fort. Und schließlich sagte er ihr Lebewohl und drückte seine Hoffnung aus, dass sie sich eines Tages wieder begegnen würden. Er verließ Vevay noch am selben Abend, und man hörte nie wieder von ihm oder seinen geheimnisvollen Angelegenheiten.

Einige Jahre nach seiner Abreise wollten meine Großmutter und einer ihrer Söhne eine gewisse Zeit in Hamburg verbringen. Graf R..., der erfuhr, dass sie dort waren, machte ihnen seine Aufwartung und nahm sie mit in sein Schloss in Breitenburg, wo sie mehrere Tage bleiben sollten. Es war eine unwirtliche, aber wunderschöne Landschaft, und das Schloss erwies sich als ein riesiges Gebäude, ein Überbleibsel aus hochherrschaftlichen Zeiten, von dem man sich, wie von den meisten alten Häusern dieser Art, zuraunte, dass es dort spukte. Da meine Großmutter die Geschichte, aus der sich dieser Aberglaube ableitete, nie gehört hatte, bat sie den Grafen, sie ihr zu erzählen. Nach einigem Zögern und Überlegen erklärte er sich einverstanden. »In diesem Haus gibt es ein Zimmer«, hob er an, »in dem niemand zu schlafen vermag. Man hört dort ständig Geräusche, für die man keine Ursache ausmachen kann und die den Eindruck erwecken, als würde unablässig das Mobiliar verschoben und herumgerückt. Ich habe das Zimmer völlig ausräumen lassen, ich habe die alten Dielen herausreißen und neue legen lassen, aber nichts hat diese Geräusche zum Verstummen gebracht. Schließlich habe ich das Zimmer in meiner Verzweiflung zumauern lassen. Die Geschichte, die mit diesem Zimmer zusammenhängt, ist folgende:

»Vor mehreren hundert Jahren lebte in diesem Schloss eine Gräfin, deren Mildtätigkeit gegenüber den Armen und deren Freundlichkeit zu allen Menschen grenzenlos waren. Sie war nah und fern als die gute Gräfin R... bekannt, und alle liebten sie. Das fragliche Zimmer war ihres. Eines Nachts wurde sie durch eine Stimme in der Nähe aus dem Schlaf geweckt; und als sie aus dem Bett schaute, sah sie im schwachen Licht der Lampe einen winzig kleinen Mann, etwa einen Fuß groß, neben ihrem Bett stehen. Sie war außerordentlich überrascht, doch er sprach: ›Gute Gräfin R..., ich bin gekommen, um Euch zu bitten, die Patin meines Kindes zu werden. Wollt Ihr einwilligen?‹ Sie sagte, das würde sie tun, und da sagte er, er würde sie in einigen Tagen zur Taufe abholen; mit diesen Worten verschwand er aus dem Zimmer.

Am nächsten Morgen erinnerte sich die Gräfin an die Ereignisse der Nacht und kam zu dem Schluss, dass sie wohl einen seltsamen Traum gehabt hatte, und dachte nicht weiter über die Angelegenheit nach. Aber etwa vierzehn Tage später, als sie den Traum schon beinahe vergessen hatte, wurde sie zur gleichen Stunde und vom gleichen kleinen Kerl aufgeweckt, der nun sagte, er sei erschienen, damit sie ihr Versprechen einlöste. Sie stand auf, kleidete sich an und folgte ihrem winzigen Führer die Schlosstreppe hinunter. Mitten im Schlosshof war damals und ist heute noch ein großer viereckiger Brunnen, der sehr tief ist und sich, keiner weiß wie weit, unter dem Gebäude entlang erstreckt. Als sie diesen Brunnen erreicht hatten, verband der kleine Mann der Gräfin die Augen und ermunterte sie, ihm ohne Furcht zu folgen, und schritt eine ihr unbekannte Treppe hinunter. Dies war für die Gräfin eine seltsame und ungewohnte Situation, und sie fühlte sich unbehaglich; doch sie beschloss, allen Gefahren zu trotzen und das Abenteuer zu Ende zu bringen, und stieg tapfer hinunter. Sie erreichten dann auch den Grund, und als ihr Führer ihr die Binde von den Augen nahm, befand sie sich in einem Raum voller kleiner Leute, genau solcher, wie auch der Mann einer war. Die Taufe wurde vollzogen, die Gräfin wurde Patin, und am Ende der Zeremonie, als sich die Dame gerade verabschieden wollte, nahm die Mutter des Säuglings eine Handvoll Holzspäne auf, die in einer Ecke lagen, und gab sie der Besucherin in die Schürze.

›Ihr seid sehr freundlich gewesen, Gräfin R...‹, sagte sie, ›und seid gekommen, um mein Kind aus der Taufe zu heben, und Eure Freundlichkeit soll nicht unbelohnt bleiben. Wenn Ihr morgen früh aufsteht, werden diese Holzspäne zu Metall geworden sein, und Ihr müsst unverzüglich daraus drei Fische und dreißig Silberlinge (eine deutsche Münze) machen lassen. Wenn Ihr sie zurückbekommt, achtet sorgfältig auf sie, denn solange sie vollzählig in Eurer Familie bleiben, wird es Euch allen gut ergehen; wenn aber nur eines davon je verlorengeht, werdet Ihr Sorgen und Not ohne Ende erleben.‹ Die Gräfin dankte ihr und sagte allen Lebewohl. Nachdem der kleine Mann ihr erneut die Augen verbunden hatte, führte er sie aus dem Brunnen heraus und brachte sie sicher in den Schlosshof zurück, wo er ihr die Binde von den Augen nahm, und sie sah ihn nie mehr wieder.

Am nächsten Morgen wachte die Gräfin verwirrt auf und glaubte, sie hätte einen seltsamen Traum gehabt. Während sie Toilette machte, erinnerte sie sich ganz deutlich an alles, was vorgefallen war, und zermarterte sich das Hirn, was wohl der Grund dafür gewesen sein könnte. Das tat sie gerade, als sie die Hand nach ihrer Schürze ausstreckte und zu ihrem Erstaunen darin eingebunden in den Falten einige Metallspäne fand. Wie kamen die hierher? War alles Wirklichkeit gewesen? Hatte sie von dem kleinen Mann und der Taufe nicht nur geträumt? Sie erzählte beim Frühstück ihrer Familie die Geschichte, und alle waren sich darin einig, dass man dieses Zeichen, was immer es auch bedeuten mochte, nicht missachten sollte. Deswegen beschloss man, dass die Fische und die Silberlinge angefertigt und sorgfältig in den Familienarchiven aufbewahrt werden sollten. Die Zeit verging, und das Haus von R... blühte und gedieh. Der König von Dänemark überhäufte die Familie mit Ehren und Gunstbezeigungen und verlieh dem Grafen ein hohes Amt in seinem Hofstaat. Viele Jahre lang war das Glück ihnen hold.

Plötzlich verschwand zur Bestürzung der Familie einer der Fische, und obwohl man größte Anstrengungen unternahm, um herauszufinden, was damit geschehen war, führten sie alle zu nichts. Von diesem Zeitpunkt an hatten sie nur noch Pech. Der damals lebende Graf hatte zwei Söhne; während sie zusammen auf der Jagd waren, tötete einer den anderen; es ist nicht gewiss, ob dies ein Zufall war oder nicht, aber da die beiden jungen Herren sich ständig in den Haaren lagen, schien die Sache sehr dubios. Als der König hörte, was geschehen war, hielt er es für angebracht, den Grafen des Amtes zu entheben, das er bei Hof innehatte. Der Ruf der Familie war ruiniert. Ihr Land wurde verkauft oder fiel an die Krone, bis schließlich kaum noch etwas übrig war, nur noch das Schloss von Breitenburg und ein schmaler Streifen ringsum. Der Niedergang zog sich über zwei oder drei Generationen hin, und um das Unglück noch zu mehren, war nun stets ein Wahnsinniger in der Familie.«

»Und nun«, fuhr der Graf fort, »kommt der seltsamste Teil des Mysteriums. Ich hatte diesen geheimnisvollen kleinen Überbleibseln nie sonderlich viel Interesse entgegengebracht und hielt die damit verbundene Geschichte für ein Märchen. Ich hätte das auch weiterhin getan, wären nicht außerordentliche Umstände eingetreten. Sie erinnern sich an meinen Aufenthalt in der Schweiz vor einigen Jahren und wie plötzlich ich ihn abbrach? Nun, kurz bevor ich Holstein verlassen hatte, hatte ich einen seltsamen, sehr wirren Brief von einem Ritter aus Norwegen erhalten, der mir mitteilte, er sei sehr krank, könne aber nicht sterben, ehe er mich gesehen und mit mir gesprochen hätte. Ich hielt den Mann für geistesgestört, denn ich hatte noch nie von ihm gehört, und ich konnte mir nicht vorstellen, was für Geschäfte er wohl mit mir haben könnte. Also warf ich den Brief fort und widmete ihm keinen weiteren Gedanken.

Der Briefschreiber war jedoch nicht zufrieden. Er schrieb erneut. Mein Sekretär, der in meiner Abwesenheit meine Briefe öffnete und beantwortete, teilte ihm mit, dass ich mich aus Gesundheitsgründen in der Schweiz aufhielte und dass er, wenn er mir etwas zu sagen hätte, dies besser schriftlich täte, da ich unmöglich die weite Reise nach Norwegen machen könnte.

Dies stellte den Ritter jedoch nicht zufrieden. Er schrieb ein drittes Mal, flehte mich inständig an, zu ihm zu kommen, und erklärte, was er mir zu sagen hätte, wäre für uns beide von äußerster Wichtigkeit.

Mein Sekretär war von dem ernsten Ton dieses Briefes so angerührt, dass er ihn an mich weiterleitete und mir gleichzeitig riet, diese Bitte nicht abzuschlagen. Das war der Grund für meine plötzliche Abreise aus Vevay, und ich werde ewig froh sein, dass ich meine Weigerung nicht aufrechterhalten habe.

Meine Reise war lang und äußerst beschwerlich, und ein- oder zweimal war ich sehr in Versuchung, sie abzubrechen, aber stets hielt mich eine seltsame Intuition davon ab. Ich musste beinahe ganz Norwegen durchqueren: oft saß ich tagelang zu Pferd und ritt über wildes Moorland, über sumpfige Heide, über Berge und Klüfte, durch einsame Gegenden und immer zu meiner Linken die felsige Küste, die von den aufschäumenden Fluten gepeitscht und zerklüftet wurde.

Endlich erreichte ich nach einiger Anstrengung und Mühe das im Brief genannte Dorf an der Nordküste Norwegens. Die Burg des Ritters – ein großer runder Turm – stand auf einer kleinen Insel vor der Küste und war über eine Zugbrücke mit dem Festland verbunden. Ich kam spät in der Nacht dort an und muss zugeben, dass mir unbehaglich zumute war, als ich im hellen Schein der Fackel die Zugbrücke überquerte und unter mir die dunklen Wasser aufbranden hörte. Das Tor wurde mir von einem

Mann geöffnet, der es, sobald ich eingetreten war, hinter mir verschloss. Man nahm mir mein Pferd ab, und ich wurde in das Gemach des Ritters geführt. Es war ein kleiner runder Raum, beinahe ganz oben im Turm und nur spärlich möbliert. Dort lag auf einer Bettstatt der alte Ritter, augenscheinlich an der Schwelle des Todes. Er versuchte, sich zu erheben, als ich eintrat, und warf mir einen so dankbaren und erleichterten Blick zu, dass ich für alle meine Mühen entlohnt war.

›Ich kann Ihnen nicht genug danken, Graf R...‹, sagte er, ›dass Sie meiner Bitte entsprochen haben. Wäre ich in der Verfassung gewesen, eine Reise zu unternehmen, so wäre ich zu Ihnen gekommen, aber das war unmöglich, und ich konnte nicht sterben, ohne Sie zuvor gesehen zu haben. Meine Angelegenheit braucht nicht viel Zeit, ist aber wichtig. Kennen Sie dies?‹ Mit diesen Worten zog er unter seinem Kopfkissen meinen lang verloren geglaubten Fisch hervor. Natürlich kannte ich ihn, und er fuhr fort. ›Seit wann er in diesem Haus ist, kann ich nicht sagen, auch nicht, wie er hierhergekommen ist, noch war mir bis vor kurzem bewusst, wessen rechtmäßiges Eigentum er ist. Er ist nicht zu meinen Lebzeiten, auch nicht zu Lebzeiten meines Vaters hier aufgetaucht, und es ist ein Geheimnis, wer ihn hierhergebracht hat. Als ich krank wurde und man mir erklärte, ich würde mich wohl nicht mehr erholen, hörte ich eines Nachts eine Stimme, die mir sagte, ich sollte nicht sterben, ehe ich den Fisch an Graf R... von Breitenburg zurückgegeben habe. Ich kannte Sie nicht, ich hatte noch nie von Ihnen gehört, und zuerst achtete ich nicht auf die Stimme. Aber sie kam wieder, jede Nacht, bis ich endlich in meiner Verzweiflung an Sie schrieb. Da schwieg die Stimme. Ihre Antwort erreichte mich, und wieder vernahm ich die Warnung, dass ich erst sterben dürfte, nachdem Sie hier eingetroffen wären. Endlich erhielt ich die Nachricht, dass Sie unterwegs wären, und ich kann kaum in Worte fassen, wie dankbar ich Ihnen für Ihre Freundlichkeit bin. Ich bin mir sicher, ich könnte nicht sterben, ohne Sie zu sehen.‹

In jener Nacht starb der alte Mann. Ich wartete noch seine Beerdigung ab und kehrte dann nach Hause zurück, meinen wiedererlangten Schatz nahm ich mit. Er wurde sorgfältig an seinen alten Platz gelegt. Im selben Jahr starb mein ältester Bruder, von dem ich Ihnen ja berichtet hatte, dass er Jahre in einer Irrenanstalt verbracht hatte, und ich wurde Eigentümer dieses Hauses. Letztes Jahr erhielt ich zu meiner Überraschung einen freundlichen Brief des Königs von Dänemark, in dem er mich wieder in das

Amt einsetzte, das meine Vorväter einst innehatten. Dieses Jahr wurde ich zum Erzieher seines ältesten Sohnes bestellt, und der König hat uns einen großen Teil des konfiszierten Besitzes zurückgegeben; es sieht also so aus, als schiene die Sonne wieder freundlich auf das Haus Breitenburg. Vor nicht allzu langer Zeit habe ich einen der Silberlinge nach Paris und einen nach Wien geschickt, um sie dort analysieren zu lassen und zu erfahren, aus welchem Metall sie gemacht sind; aber niemand konnte das genau herausfinden.«

So endete die Geschichte des Grafen R..., und dann führte er seine wissbegierige Zuhörerin an den Ort, wo die kostbaren Gegenstände aufbewahrt werden, und zeigte sie ihr.

Aus »All the Year Round«, September 1861.

Die Geschichte des Porträtmalers

Kürzlich wurde auf diesen Seiten[*] eine Erzählung mit dem Titel »Vier Geistergeschichten« gedruckt. Die erste jener Geschichten berichtete von der seltsamen Erfahrung eines wohlbekannten englischen Malers, Mr. H… Nach der Veröffentlichung dieser Erzählung schrieb Mr. H… höchstpersönlich – zu dessen großer Überraschung – an den Herausgeber dieser Zeitschrift und schickte ihm seine eigene Fassung der fraglichen Begebenheit. Da Mr. H… ganz offen seinen vollständigen Namen angab und aus seinem eigenen Atelier in London schrieb und folglich kein Zweifel daran bestehen konnte, dass er eine tatsächlich existierende Person und ein verantwortungsbewusster Bürger war, fühlte man sich verpflichtet, seine Mitteilung aufmerksam zu lesen. Und da der Geschichte in der als erste der »Vier Geistergeschichten« veröffentlichten Fassung unbewusst großes Unrecht widerfahren war, folgt sie hier

[*] All the Year Round, September 1861.

nun genau so, wie sie uns auf dem Postweg erreichte. Sie erscheint natürlich mit der Zustimmung und Billigung von Mr. H..., und Mr. H... hat persönlich bei den Bürstenabzügen Korrektur gelesen. Da wir selbst keine eigene Theorie äußern wollen, die auch nur den geringsten Teil dieser bemerkenswerten Erzählung erklärt, haben wir Mr. H... gebeten, sie ohne jegliche einleitende Worte vorzulegen. Es verbleibt uns allein anzufügen, dass niemand in dieser Angelegenheit den kleinsten Augenblick zwischen uns und Mr. H... stand. Die gesamte Korrespondenz stammt aus erster Hand. Als Mr. H... die Erzählung »Vier Geistergeschichten« sah, schrieb er uns offen und gutgelaunt: »Ich bin jener Mr. H..., der lebende Mensch, der hier erwähnt wird; wie es kam, dass meine Geschichte von jemandem notiert wurde, weiß ich nicht, aber sie wurde korrekt wiedergegeben. Ich habe sie in meinem Besitz, von mir selbst geschrieben, und hier ist sie.«

Ich bin Kunstmaler. Eines Morgens im Mai 1858 saß ich im Atelier bei meiner gewöhnlichen Beschäftigung. Zu einer früheren Stunde als der, zu der man gewöhnlich Besuche macht, erschien ein Freund bei mir, den ich ein oder zwei Jahre zuvor in Richmond Barracks, Dublin, kennengelernt hatte. Mein Freund war Hauptmann der 3. West York Militia, und da man mich als Gast dieses Regiments freundlich empfangen und bewirtet hatte und zwischen uns beiden eine persönliche Vertrautheit herrschte, oblag es mir nun, meinem Besucher eine angemessene Erfrischung zu reichen; folglich waren wir um zwei Uhr noch angenehm ins Gespräch vertieft, bei Zigarren und einer Karaffe Sherry. Etwa um diese Zeit erinnerte mich der Ton der Türglocke daran, dass ich mich mit einem Modell verabredet hatte, mit einem jungen Ding, das ein hübsches Gesicht und einen schönen Hals hatte und sich seinen Lebensunterhalt damit verdiente, Künstlern Modell zu sitzen. Da ich nicht in der Stimmung zum Arbeiten war, vereinbarte ich mit der jungen Frau, dass sie am folgenden Tag wiederkommen solle, und versprach natürlich, sie für die verlorene Zeit zu entschädigen, und sie ging wieder. Nach etwa fünf Minuten kehrte sie zurück und vertraute mir unter vier Augen an, sie hätte sehr mit dem Geld für die Sitzung gerechnet und es würde ihr Ungelegenheiten bereiten, es nicht zu bekommen; ob ich ihr zumindest einen Teil der Summe geben könne? Da in dieser Hinsicht keine Schwierigkeiten bestanden, ging sie wieder. In der Nähe der Straße, in der ich wohne, liegt eine andere mit ganz ähnlichem Namen, und Leute, die mit meiner Adresse nicht vertraut sind, gehen oft aus Versehen dorthin. Der Heimweg des Modells führte sie unmittelbar durch diese Straße, und dort sprachen eine Dame und ein Herr sie an und fragten sie, ob sie ihnen bestätigen könnte, wo ich wohne. Sie hätten meine genaue Adresse vergessen und versuchten nun, mich zu finden, indem sie sich bei Leuten erkundigten, die ihnen begegneten; einige Minuten später wurden sie in mein Zimmer geführt.

Meine neuen Besucher waren mir unbekannt. Sie hatten ein Porträt gesehen, das ich gemalt hatte, und wollten nun Bilder von sich und ihren Kindern in Auftrag geben. Der Preis, den ich nannte, schreckte sie nicht ab, und sie fragten mich, ob sie sich im Atelier umschauen dürften, um herauszufinden, welchen Stil und welche Größe sie für die Gemälde bevorzugten. Mein Freund von der 3. West York Militia übernahm mit unendlichem Geschick und Humor das Amt des Agenten, der die Vorzüge der jeweiligen Werke in einer Art hervorhob, die mir die Bescheidenheit des professionellen Malers, der über seine eigenen Arbeiten spricht, verboten hätte. Da ihre Besichtigung zufriedenstellend verlief, fragten sie, ob ich die Bilder in ihrem Haus auf dem Land malen könnte, und nachdem es auch in diesem Punkt keine Schwierigkeiten gab, wurde eine Verabredung für den folgenden Herbst getroffen, nach Maßgabe eines Schreibens von mir, in dem ich die Zeit festlegte, wann ich die Stadt zu diesem Zweck verlassen könne. Nachdem dies vereinbart war, reichte mir der Herr seine Visitenkarte, und die beiden gingen fort. Kurz darauf verließ mich auch mein Freund, und als ich zum ersten Mal auf die von den Fremden zurückgelassene Karte schaute, musste ich zu meiner Enttäuschung feststellen, dass darauf nur die Namen Mr. und Mrs. Kirkbeck standen, aber keine Adresse. Ich versuchte, sie herauszufinden, indem ich im Hofalmanach nachschlug, aber der enthielt keinen solchen Namen; also legte ich die Karte in meine Schreibtischschublade und vergaß die ganze Geschichte für längere Zeit.

Der Herbst kam und mit ihm eine Reihe von Verpflichtungen, die ich im Norden Englands hatte. Gegen Ende August 1858 war ich Gast bei einem Dinner in einem Landhaus an der Grenze zwischen Yorkshire und Lincolnshire. Da ich mit der Familie nicht bekannt war, war es nur einem Zufall zu verdanken, dass ich in dem Landhaus weilte. Ich hatte verabredet, einen Tag und eine Nacht bei einem Freund zu verbringen, der in der Nachbarschaft wohnte und der mit dem Haus vertraut war und eine Einladung zu dem Dinner erhalten hatte, und da es an dem fraglichen Abend stattfand, hatte man mich gebeten, ihn zu begleiten. Die Gesellschaft war groß, und als das Essen dem Ende zuging und schon bald beim Dessert anlangen würde, wurde das Tischgespräch allgemein. Ich sollte hier erwähnen, dass mein Gehör mich manchmal im Stich lässt, an manchen Tagen mehr als an anderen, und an besagtem Abend war ich besonders schwerhörig – so sehr, dass die Konversation mich nur als ein beständiges Dröhnen erreichte. In einem bestimmten Augenblick vernahm ich jedoch ein Wort, ganz deutlich gesprochen, obwohl es von einer Person gesagt wurde, die recht weit von mir entfernt saß, und dieses Wort war Kirkbeck. In der Geschäftigkeit der Londoner Saison hatte ich die Besucher vom Frühling völlig vergessen, die eine Visitenkarte ohne Adresse bei mir hinterlassen hatten. Da mich nun das Wort unter diesen Umständen erreichte, zog es meine Aufmerksamkeit auf sich und erinnerte mich sofort an die Verabredung. Bei der ersten sich bietenden Gelegenheit fragte ich meinen gegenwärtigen Gesprächspartner, ob eine Familie dieses Namens in der Nachbarschaft wohne. Als Antwort sagte man mir, dass ein Herr Kirkbeck in A... wohne, am anderen Ende der Grafschaft. Am nächsten Morgen schrieb ich an diese Person, ich glaubte, er hätte mich im Frühling in meinem Atelier besucht und mit mir eine Verabredung getroffen, die ich nicht einhalten könne, weil auf seiner Karte keine Adresse verzeichnet gewesen sei; außerdem würde ich mich in Kürze auf meiner Rückreise aus dem Norden in seiner Gegend aufhalten, doch falls ich mich in seiner Person irre, brauchte er sich nicht die Mühe einer Antwort zu machen. Als Adresse gab ich »Postlagernd York« an. Als ich dort drei Tage später vorstellig wurde, erhielt ich eine Nachricht von Herrn Kirkbeck, in der er schrieb, er freue sich, von mir gehört zu haben, und er werde, wenn ich bei meiner Rückreise vorbeikäme, Vorkehrungen für das Malen der Bilder treffen; weiterhin solle ich einen Tag vor meiner vorgeschlagenen Ankunft schreiben, damit er keine anderen Verabredungen träfe. Schließlich wurde vereinbart, dass ich am kommenden Samstag dorthin reisen, bis zum Montagmorgen bleiben und anschließend alle Angelegenheiten regeln würde, die in London noch auf mich warteten, und vierzehn Tage später sollte ich zurückkehren und die Aufträge ausführen.

Als der Tag für meinen Besuch gekommen war, nahm ich gleich nach dem Frühstück meinen Platz im Morgenzug von York nach London ein. Der Zug würde in Doncaster halten und danach in Redford Junction, wo ich aussteigen musste, um den Zug über

Lincoln nach A... zu nehmen. Der Tag war kalt, nass und neblig und in jeder Hinsicht so unangenehm, wie ein englischer Septembertag nur sein kann. In dem Abteil, in dem ich mich befand, waren außer mir keine Fahrgäste, aber in Doncaster stieg eine Dame zu. Ich saß mit dem Rücken zur Lokomotive und bei der Tür. Da dies gewöhnlich als der Platz für die Damen gilt, bot ich ihr diesen an; sie jedoch lehnte äußerst freundlich ab, setzte sich in die gegenüberliegende Ecke und sagte mit sehr angenehmer Stimme, dass sie gern die leichte Brise auf den Wangen spüre. Die nächsten paar Minuten benutzte sie dazu, sich einzurichten. Es musste der Umhang unter ihr ausgebreitet werden, der Rock ihres Kleides war zu ordnen, die Handschuhe waren straffzuziehen, und was dergleichen Verrichtungen am Gefieder sonst noch sind, die Damen vornehmen, ehe sie sich in einer Kirche oder sonst wo gemütlich niederlassen, wobei sie als letzte und wichtigste von allen den Schleier am Hut zurückschlug, der ihre Züge verborgen hatte. Da konnte ich sehen, dass die Dame jung war, sicherlich nicht über zwei- oder dreiundzwanzig Jahre alt; da sie aber mittelgroß, von recht robuster Statur und entschlossenem Aussehen war, hätte sie auch zwei oder drei Jahre jünger sein können. Ich nehme an, man könnte ihren Teint als mittel bezeichnen. Ihr Haar war von einem hellen Braun oder Kastanienbraun, während ihre Augen und die sehr markanten Augenbrauen beinahe schwarz waren. Die Farbe ihrer Wangen war von jener bleich durchscheinenden Schattierung, die große ausdrucksvolle Augen so wirkungsvoll in Szene setzt, und ihr Mund war fest. Alles in allem war ihre Gesamterscheinung eher ansehnlich als schön zu nennen, da ihre Miene jene angenehme Tiefe und Harmonie ausstrahlte, die ihr Gesicht und ihre Züge, obwohl sie nicht streng ebenmäßig waren, unendlich viel anziehender machten, als wären sie nach den striktesten Regeln der Symmetrie geformt gewesen.

An einem nassen Tag und auf einer stumpfsinnigen langen Reise ist es kein geringer Vorteil, eine angenehme Reisegefährtin zu haben, eine, die ein Gespräch führen kann und deren Konversation hinreichend Substanz hat, so dass man die Länge und Trostlosigkeit der Reise vergisst. In dieser Hinsicht hatte ich keinen Mangel zu beklagen, da die Dame außerordentlich und auf höchst angenehme Art redegewandt war. Als sie sich zur ihrer Zufriedenheit eingerichtet hatte, fragte sie, ob sie einen Blick in meinen Bradshaw* werfen dürfe, und da sie im Um-

---

* Kursbuch; George Bradshaw (1801–1853), ein englischer Kartograph, Drucker und Verleger, gab die erfolgreichste und am längsten laufende Serie kombinierter Eisenbahnfahrpläne heraus.

gang mit diesem schwierigen Werk keine Erfahrung hatte, bat sie mich um Hilfe, um festzustellen, wann der Zug auf dem Rückweg von London nach York wieder durch Retford kommen würde. Danach wandte sich das Gespräch allgemeineren Dingen zu, und zu meiner nicht geringen Überraschung lenkte sie es auf genau die Themen, mit denen man mich für besonders vertraut halten könnte; tatsächlich konnte ich nicht umhin zu bemerken, dass ihr ganzes Verhalten zwar keineswegs dreist war, aber doch das einer Person zu sein schien, die mich entweder persönlich oder aus Erzählungen kannte. In ihrem Benehmen war eine Art vertraulicher Nähe, die man gewöhnlich einem Fremden nicht entgegenbringt, und manchmal schien sie sich auf Umstände zu beziehen, mit denen ich in der Vergangenheit zu tun gehabt hatte. Nach etwa einer Dreiviertelstunde Gespräch erreichte der Zug Retford Junction, wo ich umsteigen sollte. Als ich das Abteil verließ und ihr einen guten Morgen wünschte, machte sie eine kleine Handbewegung, als wollte sie mich auffordern, ihr die Hand zu schütteln, und als ich dies tat, sagte sie zum Abschied: »Ich denke, wir werden uns wiederbegegnen«, worauf ich erwiderte: »Ich hoffe, dass wir uns wiederbegegnen«, und so gingen wir auseinander, sie fuhr weiter nach London und ich durch Lincolnshire nach A... Der Rest meiner Reise war kalt, nass und trübselig. Ich vermisste das angenehme Gespräch und versuchte, es durch ein Buch zu ersetzen, das ich aus York mitgebracht hatte, und durch die *Times*, eine Zeitung, die ich in Retford erworben hatte. Doch auch die unbequemste Reise hat schließlich einmal ein Ende, und um halb sechs Uhr abends hatte ich den Zielpunkt der meinen erreicht. Eine Kutsche erwartete mich am Bahnhof, wo mit dem gleichen Zug auch Herr Kirkbeck eintreffen sollte, aber da er nicht auftauchte, schloss man, dass er mit dem nächsten Zug – eine halbe Stunde später – kommen würde, und so fuhr die Kutsche nur mit mir davon.

Da die Familie im Augenblick nicht zu Hause weilte und das Abendessen um sieben Uhr sein sollte, begab ich mich sogleich auf mein Zimmer, um auszupacken und mich umzuziehen; nachdem ich diese Verrichtungen erledigt hatte, ging ich in den Salon hinunter. Die Essenszeit war wohl noch nicht heran, denn die Lampen waren nicht angezündet, aber an ihrer Stelle warf ein loderndes Feuer im Kamin eine Lichtflut bis in jede Zimmerecke und ganz besonders auf eine Dame, die, in tiefes Schwarz gekleidet, am Kaminsims stand und einen sehr hübschen Fuß zum Wärmen auf die Kante des Kamingitters gesetzt hatte. Da sie das Gesicht von der Tür abgewandt hielt, durch die ich den Raum betreten hatte, sah ich ihre Züge zunächst nicht; nachdem ich in die Mitte des Zimmers gegangen war, wurde jedoch der Fuß sofort zurückgezogen, und sie drehte sich zu mir, um mich anzusprechen, und ich erkannte zu meinem größten Erstaunen, dass sie keine andere war als meine Reisegefährtin aus dem Eisenbahnabteil. Sie verriet bei meinem Anblick keinerlei Überraschung; im Gegenteil, als sie mich ansprach, lag auf ihrem Gesicht jener angenehm freudige Gesichtsausdruck, der selbst die hässlichste Frau wunderschön erscheinen lässt. »Ich sagte doch, dass wir uns wiederbegegnen würden.«

Meine Verwirrung raubte mir in diesem Augenblick beinahe völlig die Worte. Ich kannte keine Bahnlinie oder andere Transportroute, auf der sie hätte gekommen sein können. Ganz gewiss hatte sie im Zug nach London gesessen, als ich sie verließ, und ich hatte den Zug abfahren sehen, und die einzig vorstellbare Möglichkeit, wie sie hätte herkommen können, wäre gewesen, bis Peterborough zu reisen und dann über eine Nebenlinie nach A... zurückzukehren, eine Rundreise von etwa neunzig Meilen. Sobald meine Überraschung es mir wieder erlaubte, zu reden, sagte ich, ich wünschte, ich wäre auf der gleichen Route gefahren wie sie.

»Das wäre recht schwierig gewesen«, antwortete sie.

Da kam der Bedienstete mit den Lampen herein und teilte mir mit, sein Herr sei soeben eingetroffen und werde in wenigen Minuten herunterkommen.

Die Dame nahm ein Buch zur Hand, das einige Stiche enthielt, und nachdem sie einen herausgesucht hatte (das Porträt der Lady M... A...), bat sie mich, das Blatt gut anzuschauen und ihr zu sagen, ob ich fände, dass eine Ähnlichkeit zu ihr bestünde.

Ich war gerade noch damit beschäftigt, mir eine Meinung dazu zu bilden, als Mr. und Mrs. Kirkbeck eintraten, mir herzlich die Hand schüttelten und sich dafür entschuldigten, dass sie nicht zu Hause gewesen waren, um mich zu empfangen; der Herr bat mich anschließend noch, Mrs. Kirkbeck zum Abendessen ins Speisezimmer zu geleiten.

Nachdem die Dame des Hauses meinen Arm ergriffen hatte, spazierten wir hinein. Ich zögerte gewiss einen Augenblick, um Mr. Kirkbeck zu erlauben, zusammen mit der geheimnisvollen Dame in Schwarz voranzugehen, aber da Mrs. Kirkbeck das nicht zu begreifen schien, gingen wir sofort voraus. Die Essensgesellschaft bestand nur aus uns vieren, und wir fanden ohne große Schwierigkeiten unsere Plätze am Tisch, der Hausherr und die Hausherrin am Kopf und Fuß der Tafel, die Dame in Schwarz und ich jeweils auf einer Seite. Das Abendessen verlief mehr oder weniger so, wie es gewöhnlich solche Mahlzeiten eben tun. Ich, der die Rolle des Gastes übernehmen musste, richtete meine Anmerkungen hauptsächlich, wenn nicht gar ausschließlich an meine Gastgeber, und ich kann mich nicht erinnern, dass ich oder sonst jemand die Dame mir gegenüber angesprochen hätte. Als mir dies auffiel und ich mich auch daran erinnerte, dass ich beim Eintreten ins Speisezimmer einen kleinen Mangel an Aufmerksamkeit ihr gegenüber beobachtet hatte, schloss ich sofort daraus, dass sie die Gouvernante sein musste. Ich sah jedoch, dass sie ausgezeichnet speiste, sie schien sowohl dem Rindfleisch wie auch der Pastete herzhaft zuzusprechen und genoss hinterher noch ein Glas roten Bordeaux; vielleicht hatte sie kein Mittagessen zu sich genommen oder die Reise hatte ihr Appetit gemacht.

Das Abendessen war zu Ende, die Damen zogen sich zurück, und nach dem üblichen Glas Portwein gesellten Mr. Kirkbeck und ich uns im Salon zu ihnen. Inzwischen hatte sich dort jedoch eine viel größere Gesellschaft versammelt. Brüder und Schwägerinnen waren aus ihren Wohnsitzen in der Nachbarschaft gekommen, und es wurden mir auch mehrere Kinder mit ihrer Gouvernante, Miss Hardwick, vorgestellt. Ich begriff sofort, dass meine Annahme, die Dame in Schwarz wäre die Gouvernante, nicht stimmen konnte. Nachdem ich, wie es üblich ist, einige Zeit damit zugebracht hatte, den Kindern Komplimente zu machen und mich kurz mit den verschiedenen Personen zu unterhalten, denen ich vorgestellt wurde, befand ich mich wieder im Gespräch mit der Dame aus dem Eisenbahnabteil, und da sich die Konversation an diesem Abend hauptsächlich auf Porträtmalerei bezog, fuhr sie mit diesem Thema fort.

»Meinen Sie, Sie könnten mein Porträt malen?«, erkundigte sich die Dame.

»Ja, ich denke, das könnte ich, wenn ich die Gelegenheit dazu bekäme.«

»Nun, schauen Sie sich mein Gesicht gut an; meinen Sie, Sie könnten sich an meine Züge erinnern?«

»Ja, ich bin sicher, dass ich Ihre Züge niemals vergessen werde.«

»Natürlich hätte ich von Ihnen diese Antwort erwarten können; aber glauben Sie, Sie könnten mich aus der Erinnerung malen?«

»Nun, wenn es nötig sein sollte, könnte ich es versuchen; aber können Sie denn nicht für mich Modell sitzen?«

»Nein, das ist ganz unmöglich; es kann nicht sein. Es heißt, dass der Stich, den ich Ihnen vor dem Abendessen gezeigt habe, mir sehr ähnlich sieht. Finden Sie das auch?«

»Ich finde ihn nicht sehr ähnlich«, antwortete ich, »denn er hat nicht Ihren Ausdruck: Wenn Sie mir nur ein Mal sitzen könnten, dann wäre das besser als gar nicht.«

»Nein, ich kann mir nicht vorstellen, wie das gehen sollte.«

Da der Abend zu dieser Zeit bereits vorgerückt war und schon die Kerzenleuchter für die Schlafzimmer hereingebracht wurden, sagte sie, sie sei sehr müde, schüttelte mir herzlich die Hand und wünschte mir eine gute Nacht. Meine geheimnisvolle neue Bekannte verursachte mir in jener Nacht ein rechtes Kopfzerbrechen. Ich war ihr nie vorgestellt worden, ich hatte während des ganzen Abends nicht gesehen, dass sie mit jemandem außer mir gesprochen hätte, nicht einmal, um ihm eine gute Nacht zu wünschen – und wie sie sich quer durchs Land bewegt hatte, war auch ein unerklärliches Geheimnis. Warum wollte sie dann, dass ich sie aus dem Gedächtnis malte, und warum konnte sie mir nicht ein einziges Mal Modell sitzen? Da ich feststellte, dass es mit der Zeit immer schwieriger wurde, eine Antwort auf diese Fragen zu finden, beschloss ich, alle weiteren Gedanken bis zum Frühstück aufzuschieben, wenn sich die ganze Sache wohl erhellen würde.

Nun kam das Frühstück, aber ohne die Dame in Schwarz. Als die Mahlzeit vorüber war, gingen wir zur Kirche, kehrten zum Mittagessen nach Hause zurück und verbrachten den Tag miteinander, aber immer noch kein Zeichen von der Dame, und niemand nahm mit einer einzigen Silbe Bezug auf sie. Also, schloss ich, musste sie irgendeine Verwandte sein, die früh am Morgen abgereist war, um ein anderes Familienmitglied zu besuchen, das in der Nähe wohnte. Ich wunderte mich jedoch, dass niemand sie auch nur mit einem Wort erwähnte, und da ich keine Möglichkeit fand, das Gespräch mit der Familie auf das Thema zu lenken, ging ich am zweiten Abend noch verwunderter zu Bett. Als der Bedienstete am nächsten Morgen eintrat, erkundigte ich mich vorsichtig nach dem Namen der Dame, die am Samstagabend mit uns am Tisch gesessen hatte, worauf er antwortete: »Eine Dame, Sir? Keine Dame außer Mrs. Kirkbeck, Sir.«

»Ja, doch, die Dame in Schwarz, die mir gegenübersaß.«

»Vielleicht Miss Hardwick, die Gouvernante, Sir?«

»Nein, nicht Miss Hardwick, die kam erst später herunter.«

»Keine Dame, die ich gesehen hätte, Sir.«

»Oje, doch, die Dame in Schwarz, die im Salon war, als ich ankam, noch ehe Mr. Kirkbeck heimkehrte?«

Der Mann schaute mich voller Überraschung an, als zweifelte er an meinem Verstand, und antwortete nur: »Ich habe niemals eine Dame gesehen, Sir«, und verschwand.

Nun schien mir das Geheimnis unerklärlicher denn je – ich betrachtete es aus allen möglichen Perspektiven, konnte mir aber keinen Reim darauf machen. An jenem Morgen wurde das Frühstück zeitig gereicht, damit ich den Morgenzug nach London nehmen konnte. Aus dem gleichen Grund hatten wir es auch ein wenig eilig, und wir hatten keine Zeit für Gespräche über Themen, die über den eigentlichen Grund meines Besuchs hinausgingen; nachdem wir vereinbart hatten, dass ich in genau drei Wochen zurückkehren sollte, um die Porträts zu malen, sagte ich Lebewohl und machte mich auf den Weg in Richtung Stadt.

Meinen zweiten Besuch in jenem Haus muss ich nur erwähnen, um darzulegen, dass sowohl Mr. wie auch Mrs. Kirkbeck mir bei diesem Anlass mit Bestimmtheit versicherten, es hätte an dem fraglichen Samstagabend keine vierte Person mit uns am Tisch gespeist. Ihre Erinnerungen in dieser Sache waren sehr deutlich, denn sie hatten miteinander besprochen, ob sie Miss Hardwick, die Gouvernante, bitten sollten, den freien Platz einzunehmen, sich aber dagegen entschieden; sie konnten sich auch nicht erinnern, in ihrem gesamten Bekanntenkreis eine solche Person zu haben, wie ich sie beschrieben hatte.

Einige Wochen vergingen. Es war kurz vor Weihnachten. Das Licht eines kurzen Wintertags wurde schon dämmrig, und ich saß an meinem Tisch und schrieb Briefe für die Abendpost. Ich hatte der Falttür den Rücken zugekehrt, die zu dem Zimmer führt, in dem meine Besucher gewöhnlich auf mich warten. Ich hatte bereits einige Minuten lang geschrieben, als ich mir, ohne etwas gehört oder gesehen zu haben, bewusst wurde, dass eine Person durch die Falttür hereingekommen war und nun neben mir stand. Ich drehte mich um und sah die Dame aus dem Eisenbahnabteil. Ich nehme an, mein Verhalten verriet, dass ich ein wenig erschrocken war, denn nach der üblichen Begrüßung sagte die Dame: »Entschuldigen Sie, dass ich Sie störe. Sie haben mich nicht hereinkommen hören.« Ihr Verhalten war ruhiger und verhaltener als vorher, konnte aber schwerlich als ernst bezeichnet werden, noch viel weniger als leidvoll. Es war eine Veränderung zu bemerken, doch es war die Art von Veränderung, die man oft beobachten kann, nämlich von der offenen Impulsivität einer intelligenten jungen Frau zur gefassten Gelassenheit derselben jungen Frau, wenn sie entweder verlobt oder kürzlich Ehefrau geworden ist. Die junge Dame fragte mich, ob ich schon versucht hätte, ihr Bildnis zu malen. Ich musste ihr gestehen, dass ich das noch nicht getan hatte. Das bedauerte sie sehr, weil sie gern ein Porträt für ihren Vater haben wollte. Sie hatte einen Stich (ein Porträt der Lady M... A...) mitgebracht, von dem sie annahm, er könnte mir helfen. Das Blatt glich dem Stich, zu dem sie im Haus in Lincolnshire meine Meinung erfragt hatte. Man hätte immer gesagt, dass ihr das Bild sehr ähnelte, und sie würde es mir dalassen. Dann (während sie impulsiv eine Hand auf meinen Arm legte) fügte sie hinzu: »Ich wäre Ihnen wirklich äußerst dankbar, wenn Sie das Porträt malen könnten« (und wenn ich mich recht erinnere, sagte sie noch), »da so viel davon abhängt.«

Als ich sah, dass ihr die Sache so ernst war, nahm ich mein Skizzenbuch zur Hand und begann in dem wenigen noch verbleibenden trüben Licht rasch eine Bleistiftskizze von ihr anzufertigen. Als sie das merkte, gab sie mir jedoch nicht etwa alle Hilfestellung, zu der sie fähig war, sondern wandte sich vielmehr von mir ab unter dem Vorwand, die Bilder im Zimmer anzuschauen, wobei sie gelegentlich von einem zum nächsten ging, so dass ich für kurze Augenblicke einen raschen Blick auf ihre Züge werfen konnte. Auf diese Weise gelangen mir zwei hastige, aber doch recht ausdrucksstarke Skizzen von ihr, die alles waren, was mir das immer schwächer werdende Licht erlaubte, und ich klappte dann mein Buch zu. Sie schickte sich zum Gehen an. Dieses Mal wünschte sie mir statt des üblichen »Guten Abend« ein eindrucksvoll gesprochenes »Lebewohl«, wobei sie meine Hand nicht schüttelte, sondern fest in der ihren hielt, während sie das sagte. Ich begleitete sie zur Tür, und sie schien eher mit der Dunkelheit zu verschmelzen, als durch die Öffnung hinauszutreten. Aber diesen Eindruck schreibe ich meiner Phantasie zu.

Ich fragte unverzüglich meine Bedienstete, warum sie mir die Besucherin nicht angekündigt hätte. Sie sagte, ihr wäre nicht bewusst gewesen, dass überhaupt Besuch dagewesen sei, und jeder, der eingetreten sei, müsse das getan haben, als sie vor etwa einer halben Stunde die Haustür offen gelassen hatte, während sie kurz auf die andere Straßenseite gegangen sei.

Schon bald nach dieser Begebenheit hatte ich eine Verabredung in einem Haus bei Bosworth Field in Leicestershire. Ich verließ London an einem Freitag, nachdem ich in der Woche zuvor mehrere Bilder, die zu groß waren, um sie mitzunehmen, mit einem Güterzug vorausgeschickt hatte, damit sie vor meiner Ankunft dort waren und ich so keine Zeit mit Warten verschwenden müsste. Als ich jedoch in dem Landhaus ankam, stellte ich fest, dass man nichts von den Bildern gehört hatte, und als ich mich am Bahnhof erkundigte, erklärte man mir, eine Kiste, die der von mir beschriebenen ähnelte, wäre hier durchgekommen und weiter nach Leicester geschickt worden, wo sie sich wahrscheinlich noch befand. Da Freitag war und auch die Zeit für die Abendpost schon vorüber, gab es keine Möglichkeit, vor Montagmorgen einen Brief nach Leicester zu befördern, denn das Gepäckamt dort würde am Sonntag geschlossen sein; also konnte ich in keinem Fall vor dem folgenden Dienstag oder Mittwoch mit der Ankunft der Bilder rechnen. Der Verlust dieser drei Tage war eine ernste Sache; deswegen schlug ich, um ihn zu vermeiden, meinem Gastgeber vor, dass ich sofort abfahren und ein Geschäft regeln würde, das ich vor meiner Rückkehr nach London in South Staffordshire zu erledigen hatte, und wenn ich das in den freien Tagen schaffen könnte, die mir nun auf einmal unerwartet zur Verfügung standen, dann würde es mir nach Beendigung des Besuchs in seinem Hause einige Zeit sparen. Da er diesem Vorschlag bereitwillig zustimmte, eilte ich unverzüglich zum Bahnhof Atherton an der Bahnlinie der Trent Valley Railway. Durch Nachschlagen im Bradshaw stellte ich fest, dass meine Reiseroute durch Litchfield führen würde, wo ich in einen Zug nach S... in Staffordshire umsteigen musste. Ich kam gerade rechtzeitig zu dem Zug, der mich bis acht Uhr abends nach Litchfield bringen würde, und zehn Minuten nach acht sollte ein Zug von Litchfield nach S... abfahren, der, wie ich folgerte, Anschluss an den Zug hatte, mit dem ich gleich fahren würde. Deswegen hatte ich keinen Grund, Zweifel daran zu hegen, dass ich mein Reiseziel noch am gleichen Abend erreichen würde; als ich jedoch in Litchfield eintraf, stellte ich fest, dass mein Plan völlig durchkreuzt war. Der Zug traf pünktlich ein, und ich stieg aus und wollte auf dem Bahnsteig auf die Ankunft des Zuges auf der anderen Strecke warten. Ich musste jedoch feststellen, dass sich die beiden Bahnlinien zwar in Litchfield kreuzten, aber keine Verbindung miteinander hatten, da der Bahnhof Litchfield an der Bahnlinie der Trent Valley Railway auf der einen Seite der

Stadt und der für die Bahnlinie nach South Staffordshire am anderen Ende der Stadt lag. Ich fand auch heraus, dass ich nicht genug Zeit hatte, um zu diesem anderen Bahnhof zu gelangen, so dass ich noch am selben Abend dort den Zug besteigen konnte; dieser Zug war just in diesem Augenblick auf einer tieferen Ebene sozusagen unter meinen Füßen durchgefahren, und es stand außer Frage, dass ich nicht mehr rechtzeitig zum anderen Ende der Stadt gelangen würde, wo der Zug nur zwei Minuten Aufenthalt haben würde. Mir blieb also nichts anderes übrig, als mich für die Nacht im Swan Hotel einzuquartieren. Ich hege eine besondere Abneigung dagegen, einen Abend in einem Hotel in einem Landstädtchen zu verbringen. Das Abendessen nehme ich in solchen Häusern nicht ein, denn ich esse lieber gar nichts als das, was man mir dort wahrscheinlich vorsetzt. Bücher sind dort nie zu finden, die Landzeitungen interessieren mich nicht. Die *Times* habe ich auf meiner Reise schon von vorn bis hinten gelesen. Die Gesellschaft, die ich wahrscheinlich antreffen werde, hat mit mir nur wenige Gedanken gemein. Unter solchen Umständen nehme ich gewöhnlich meine Zuflucht zu Tee mit herzhaften Beilagen, um mir die Zeit zu vertreiben, und wenn ich fertig bin, beschäftige ich mich damit, Briefe zu schreiben.

Ich war zum ersten Mal in Litchfield, und während ich auf den Tee wartete, fiel mir ein, dass ich in den vergangenen sechs Monaten bei zwei Gelegenheiten beinahe hierhergekommen wäre, einmal um eine kleine Auftragsarbeit für einen alten Bekannten auszuführen, der hier wohnte, und ein andermal, um Materialien für ein Bild zu besorgen, dass ich über eine frühe Begebenheit im Leben des Dr. Johnson malen wollte. Ich wäre auch bei beiden Gelegenheiten hergekommen, hätten nicht andere Verpflichtungen mich davon abgehalten und mich veranlasst, die Reise auf unbestimmte Zeit zu verschieben. Dann kam mir jedoch der Gedanke: Wie seltsam! Da bin ich nun in Litchfield, diesmal keineswegs aus eigenem Antrieb, obwohl ich doch vorher zweimal herzufahren versucht habe und beide Male gescheitert bin. Als ich mit dem Tee fertig war, dachte ich mir, ich könnte ebenso gut einem Bekannten eine Nachricht zuschicken lassen, den ich vor einigen Jahren kennengelernt hatte und der in der Cathedral Close wohnte, und ihn bitten, mich im Hotel zu besuchen und ein, zwei Stündchen mit mir zu verbringen. Also klingelte ich nach der Kellnerin und fragte: »Lebt ein Herr Lute in Litchfield?«

»Jawohl, Sir.«

»Cathedral Close?«

»Jawohl, Sir.«

»Kann ich ihm eine Nachricht senden?«

»Jawohl, Sir.«

Ich schrieb ihm die Nachricht, erklärte ihm, wo ich abgestiegen war, und fragte ihn, ob er für ein, zwei Stunden kommen wollte, um über alte Zeiten zu plaudern. Die Nachricht wurde zugestellt; nach etwa zwanzig Minuten erschien eine Person von weltmännischer Gestalt; ein Herr in vorgerückten mittleren Jahren, wie man wohl sagt, trat ins Zimmer, meine Nachricht in der Hand, und meinte, ich hätte ihm einen Brief geschickt, wahrscheinlich irrtümlich, da er meinen Namen nicht kannte. Da auch ich sogleich sah, dass er nicht der Mann war, an den ich hatte schreiben wollen, entschuldigte ich mich und fragte, ob in Litchfield nicht vielleicht noch ein anderer Herr Lute wohne?

»Nein, es gibt hier keinen anderen.«

Bestimmt, erwiderte ich, hatte mein Freund mir aber die richtige Adresse gegeben, denn ich hatte bei anderer Gelegenheit schon Briefe unter dieser Anschrift an ihn geschickt. Er war ein blonder junger Mann, und nachdem sein Onkel bei der Jagd mit der Meute von Quorn einen tödlichen Unfall erlitten hatte, hatte er ein Anwesen geerbt, und vor etwa zwei Jahren hatte er eine Dame mit Namen Fairbairn geheiratet.

Der Fremde antwortete ganz gefasst: »Sie reden von Mr. Clyne; der hat wirklich in der Cathedral Close gewohnt, ist aber inzwischen fortgezogen.«

Der Fremde hatte recht, und in meiner Überraschung rief ich aus: »Oje, ja, ganz sicher, das war der Name; wie kann es nur sein, dass ich stattdessen an Sie geschrieben habe? Ich bitte wirklich um Verzeihung; dass ich ihnen geschrieben habe und unbewusst Ihren Namen erraten habe, ist eines der außergewöhnlichsten und unerklärlichsten Dinge, die ich je getan habe. Bitte vergeben Sie mir.«

Er fuhr sehr ruhig fort: »Es ist keine Entschuldigung nötig; zufällig sind Sie genau die Person, die ich am allermeisten sehen möchte. Sie sind Maler, und ich hätte gern, dass Sie ein Porträt meiner Tochter anfertigen; können Sie zu diesem Zweck sofort mit zu mir nach Hause kommen?«

Ich war recht überrascht, dass er mich kannte, und die Wendung, die die Dinge genommen hatten, war so völlig unerwartet, dass ich im Augenblick nicht geneigt war, die Arbeit zu übernehmen; deswegen erklärte ich meine Lage und sagte, dass ich nur den nächsten Tag und den Montag zur Verfügung hätte. Er jedoch drängte mich so ernsthaft, dass ich versprach, für ihn alles zu tun, was ich in den beiden Tagen zustande bringen konnte, und nachdem ich mein

Gepäck aufgegeben hatte und andere Dinge geregelt hatte, begleitete ich ihn nach Hause. Auf dem Weg dorthin sprach er kaum ein Wort, jedoch schien sein Schweigen nur eine Fortsetzung seiner ruhigen Wesensart im Gasthaus zu sein. Bei unserer Ankunft stellte er mich seiner Tochter Maria vor und verließ dann das Zimmer. Maria Lute war ein blondes und wirklich sehr hübsches junges Mädchen von etwa fünfzehn Jahren; ihr Verhalten war jedoch ihren Jahren voraus, denn sie zeigte die unerschütterliche Ruhe und im positiven Sinne des Wortes die Fraulichkeit, die man bei Mädchen, die mutterlos sind oder sich aus anderen Gründen ganz auf ihre eigenen Fähigkeiten verlassen müssen, oft bereits im zarten Alter findet.

Man hatte sie offensichtlich nicht über den Zweck meines Besuchs informiert, und sie wusste nur, dass ich im Hause übernachten sollte; deswegen entschuldigte sie sich für einige Minuten, damit sie den Bediensteten die notwendigen Anweisungen geben konnte, mein Zimmer zurechtzumachen. Als sie zurückkehrte, sagte sie mir, ich würde ihren Vater heute Abend nicht mehr zu Gesicht bekommen, da seine Gesundheit ihn gezwungen habe, sich für die Nacht zurückzuziehen, sie nehme aber an, ich könnte ihn irgendwann am nächsten Morgen sehen. Inzwischen, so hoffe sie, würde ich mich häuslich einrichten und nach allem klingeln, was ich sonst noch brauchen könnte. Sie selbst würde im Salon sitzen, aber vielleicht wollte ich rauchen oder ein Getränk zu mir nehmen; wenn das der Fall wäre, so sei im Zimmer der Hausdame ein Feuer im Kamin angezündet, und sie würde kommen und sich zu mir gesellen, da sie jeden Augenblick den Besuch des Hausarztes erwartete, und der würde wahrscheinlich auch bleiben und rauchen und etwas zu sich nehmen. Da die junge Dame dies vorzuschlagen schien, fügte ich mich bereitwillig. Ich rauchte nicht und nahm auch kein Getränk zu mir, aber ich setzte mich ans Feuer, wo sie sich zu mir gesellte. Sie unterhielt sich gewandt und gern und mit einer Sprachfertigkeit, die bei einer so jungen Person ungewöhnlich ist. Ohne unangenehm neugierig zu sein oder mich auszufragen, schien sie begierig, herauszufinden, welche Geschäfte mich in ihr Zuhause geführt hatten. Ich sagte ihr, dass ihr Vater wünschte, dass ich entweder ihr Porträt oder das einer ihrer Schwestern malen würde, falls sie welche hatte.

Sie verharrte einen Augenblick in nachdenklichem Schweigen, und dann schien sie sofort zu begreifen. Sie erzählte mir, eine Schwester, ihre einzige Schwester, an der ihr Vater von ganzem Herzen gehangen hatte, sei vor beinahe vier Monaten gestorben; ihr Vater hätte sich nie von dem Schock ihres Todes erholt. Er hatte oft den ernsten Wunsch nach einem Porträt dieser Tochter zum Ausdruck gebracht; tatsächlich war es sein einziger Gedanke, und sie hoffe, wenn sich etwas Derartiges machen ließe, würde dies seinen Gesundheitszustand sehr verbessern. Hier zögerte sie, stotterte und brach in Tränen aus. Nach einer Weile fuhr sie fort: »Es hat keinen Sinn, vor Ihnen verbergen zu wollen, was Sie sicherlich schon bald selbst bemerken werden. Papa ist wahnsinnig – er ist es, seit die liebe Caroline beerdigt wurde. Er sagt, er sehe immerzu die liebe Caroline, und er hat die furchtbarsten Wahnvorstellungen. Der Arzt meint, er könne nicht voraussagen, wie viel schlimmer es noch werden könne, und wir sollten alle gefährlichen Gegenstände wie Messer oder Rasierklingen außerhalb seiner Reichweite aufbewahren. Sie konnten ihn heute Abend auf keinen Fall mehr sehen, denn er war nicht mehr in der Lage, ein vernünftiges Gespräch zu führen, und ich fürchte, das Gleiche könnte auch morgen der Fall sein; doch vielleicht können Sie über das Wochenende bei uns bleiben, und ich kann Ihnen dabei behilflich sein, das zu tun, was er wünscht.« Ich fragte, ob sie Materialien für die Anfertigung eines Bildnisses besäßen –

eine Photographie, eine Skizze oder irgendetwas anderes, das ich als Ausgangspunkt benutzen könnte. Nein, sie hatten gar nichts. »Könnten Sie sie mir anschaulich beschreiben?« Sie meinte, das könne sie, und dann gab es da noch eine Druckgraphik, die ihr sehr ähnelte, aber sie hätte sie verlegt. Ich wies sie darauf hin, bei solchen Nachteilen und ohne jede Vorlage könne ich mir nicht vorstellen, ein zufriedenstellendes Ergebnis zu liefern. Ich hatte durchaus schon unter ähnlichen Bedingungen Porträts gemalt, aber deren Erfolg hing eben sehr stark davon ab, wie gut meine Helfer die jeweilige Person aus der Erinnerung zu beschreiben vermochten; in manchen Fällen erzielte ich einen gewissen Erfolg, aber meistens war das Resultat enttäuschend. Der Hausarzt kam, aber ich begegnete ihm nicht. Ich erfuhr jedoch, dass er angeordnet hatte, man solle den Patienten streng beaufsichtigen, bis er am nächsten Morgen wiederkäme. Als ich die Lage der Dinge erfasste und begriff, wie viel die junge Dame zu erledigen hatte, begab ich mich früh zu Bett. Am nächsten Morgen hörte ich, ihrem Vater ginge es viel besser; er hatte sich beim Aufwachen ernsthaft erkundigt, ob ich tatsächlich im Hause sei, und zur Frühstückszeit schickte er zu mir herunter, um mir mitzuteilen, er hoffe, nichts würde mich davon abhalten, es sofort mit einem Porträt zu versuchen, und er erwarte, mich im Laufe des Tages zu sehen.

Nach dem Frühstück machte ich mich unverzüglich an die Arbeit, von den Beschreibungen unterstützt, die mir die Schwester zu geben vermochte. Ich versuchte es wieder und wieder, doch ohne Erfolg, ja ohne auch nur die Aussicht auf Erfolg. Die Züge, sagte man mir, wären alle einzeln für sich durchaus ähnlich, aber der Ausdruck sei es nicht. Ich plagte mich den größten Teil des Tages redlich, doch ohne ein besseres Ergebnis. Die verschiedenen Studien, die ich angefertigt hatte, wurden eine nach der anderen zu dem Kranken hinaufgetragen, doch es kam immer die gleiche Antwort zurück – keine Ähnlichkeit. Ich hatte mich bis aufs Äußerste verausgabt und war rechtschaffen erschöpft – ein Umstand, den die junge Dame offensichtlich bemerkte, da sie ihre größte Dankbarkeit für das Interesse äußerte, das ich für die Sache aufbrachte, und da sie die enttäuschenden Ergebnisse alleinig der Tatsache zuschrieb, dass sie nicht gut genug beschreiben könne. Sie sagte auch, es wäre zu ärgerlich. Sie hatte ja diese Druckgraphik gehabt, das Porträt einer Dame, die der Schwester so sehr ähnelte, aber verschwunden war, sie war nun schon an die drei Wochen nicht mehr in dem Buch. Das war umso enttäuschender, als sie sich sicher war, dass diese Graphik mir von großem Nutzen hätte sein können. Ich fragte sie, ob sie mir sagen könnte, wen diese Graphik darstellte, denn wenn ich das wüsste, könnte ich mir das Bild sicherlich in London beschaffen. Sie antwortete: »Lady M... A...« Sobald der Name ausgesprochen war, trat mir die Szene mit der Dame aus dem Eisenbahnabteil wieder vor Augen. Ich hatte mein Skizzenbuch oben in meinem Handkoffer, und ein glücklicher Zufall wollte es, dass darin die besagte Graphik eingeklebt war, gleich bei den beiden Bleistiftskizzen. Ich holte sie sofort herunter und zeigte sie Maria Lute. Die schaute sie einen Augenblick lang an, wandte mir schließlich ihre Augen zu und fragte langsam und mit beinahe furchtsamer Stimme: »Wo haben Sie die her?« Dann rascher und ohne meine Antwort abzuwarten: »Lassen Sie mich dies sofort Papa zeigen.« Sie blieb zehn oder mehr Minuten fort; als sie zurückkehrte, war sie in Begleitung ihres Vaters. Er wartete keinen Gruß ab, sondern sagte in einem Ton und in einer Art, die ich bei ihm zuvor noch nicht vernommen hatte: »Ich hatte also die ganze Zeit recht; Sie waren es, den ich mit ihr zusammen gesehen habe, und diese Skizzen zeigen sie und niemanden sonst. Sie sind mir kostbarer als mein ganzer Besitz, mit Ausnahme dieses lieben

Kindes.« Die Tochter versicherte mir auch, dass die Graphik, die ich bei mir hatte, die sein musste, die seit drei Wochen aus dem Buch fehlte, und zum Beweis dafür zeigte sie mir die Klebestellen auf der Rückseite, die genau mit denen auf der leeren Buchseite übereinstimmten. Von dem Augenblick an, da der Vater die Skizzen gesehen hatte, war er wieder bei vollem Verstande.

Ich durfte keine der Bleistiftzeichnungen im Skizzenbuch auch nur anrühren, da er fürchtete, ich könnte sie zerstören; aber ich fing sofort ein Ölgemälde nach diesen Skizzen an, wobei der Vater Stunde um Stunde bei mir saß, meine Pinselstriche anleitete und dabei sehr vernünftig und sogar fröhlich Konversation machte. Er mied jegliche direkte Anspielung auf seine Wahnvorstellungen, lenkte aber von Zeit zu Zeit das Gespräch auf die Umstände, unter denen ich die Skizzen angefertigt hatte. Am Abend kam der Hausarzt, und nachdem er die von ihm gewählte Behandlung in den höchsten Tönen gepriesen hatte, erklärte er den Zustand des Patienten für ganz entschieden und, so glaubte er, dauerhaft gebessert.

Da der nächste Tag ein Sonntag war, gingen wir alle zur Kirche, der Vater zum ersten Mal seit seinem schweren Verlust. Während eines Spaziergangs, den er nach dem Mittagessen mit mir unternahm, schnitt er noch einmal das Thema der Skizzen an, und nach einigem Zögern, ob er sich mir anvertrauen solle oder nicht, sagte er: »Dass Sie mir unter meinem Namen aus dem Gasthaus von Litchfield geschrieben haben, war einer jener unerklärlichen Umstände, die man unmöglich begreifen kann. Ich erkannte Sie jedoch, sobald ich Sie zu Gesicht bekommen hatte; als die Menschen meiner Umgebung der Meinung waren, dass mein Verstand getrübt wäre und ich unzusammenhängendes Zeug redete, da lag das nur daran, dass ich Dinge sah, die sie nicht sahen. Seit ihrem Tod weiß ich mit einer Sicherheit, die nichts erschüttern kann, dass ich zu verschiedenen Zeiten tatsächlich und wirklich in der Gegenwart meiner lieben verschiedenen Tochter war – unmittelbar nach ihrem Tod öfter als in letzter Zeit. Von den vielen Malen, die sie mir erschienen ist, erinnere ich mich deutlich daran, sie in einem Eisenbahnabteil gesehen zu haben, wo sie mit einem Mann sprach, der ihr gegenübersaß; wer dieser Mann war, konnte ich nicht feststellen, denn meine Position schien unmittelbar hinter ihm zu sein. Als Nächstes sah ich sie an einer Tafel zu Abend essen, und unter den anderen Speisenden erblickte ich ganz unzweifelhaft Sie höchstpersönlich. Hinterher habe ich erfahren, dass dies die Zeit eines meiner längsten und heftigsten Anfälle gewesen sei, denn ich habe ihr weiterhin dabei zugeschaut, wie sie sich mit Ihnen einige Stunden lang inmitten einer größeren Gesellschaft unterhalten hat. Wieder einmal sah ich sie an Ihrer Seite stehen, als Sie entweder schrieben oder zeichneten. Ich habe sie danach noch einmal wiedergesehen, Sie aber habe ich das nächste Mal erst im Salon des Gasthauses zu Gesicht bekommen.«

Am nächsten Tag wurde weiter an dem Bild gearbeitet, und am Tag darauf war das Gesicht vollendet. Danach nahm ich das Bild mit nach London zurück, um es dort fertigzumalen.

Seit jener Zeit bin ich Herrn Lute oft begegnet; er hat seine Gesundheit vollständig wiedererlangt, und sein Verhalten und seine Gespräche sind so fröhlich, wie man es so wenige Jahre nach einem derart großen Verlust nur erwarten kann.

Das Porträt hängt jetzt in seinem Schlafzimmer, die Graphik und die beiden Skizzen gerahmt daneben, und darunter steht: »C.L., 13. September 1858, 22 Jahre alt.«

Mr. Testators Heimsuchung

Mr. Testator nahm sich einige Zimmer im Lyons Inn, da er nur spärliche Möblierung für sein Schlafzimmer und überhaupt keine für sein Wohnzimmer hatte. Er hatte schon einige Monate des Winters in diesem Zustand verbracht, und dieses Leben war ihm sehr kahl und kalt vorgekommen. Eines Abends nach Mitternacht, als er dasaß und schrieb und immer noch etwas zu Ende zu schreiben hatte, ehe er zu Bett gehen konnte, stellte er fest, dass ihm die Kohlen ausgegangen waren. Unten im Keller gab es Kohlen, aber er war noch nie in seinem Keller gewesen; der Kellerschlüssel jedoch lag auf seinem Kaminsims, und wenn er jetzt hinunterginge und der Schlüssel passte und er den Keller öffnete, dann konnte er mit Fug und Recht davon ausgehen, dass die Kohlen ihm gehörten. Was seine Zugehfrau betraf, so wohnte sie zwischen den Kohlenwagen und den Fährmännern auf der Themse – denn damals gab es noch Fährmänner auf der Themse – in irgendeinem Rattenloch am Fluss, ein paar Gassen und Pfade hinunter auf der anderen Seite von The Strand. Und was andere Personen anging, die ihm hätten begegnen oder ihn behindern können, so hatten die Leute im Lyons Inn alle Hände voll zu tun mit Träumen, Betrunkensein, Sentimentalität, Wetten, Brüten über Rabatte auf Rechnungen oder Renovierungen – schlafend oder wachend waren alle mit ihren eigenen Angelegenheiten befasst. Mr. Testator nahm seine Kohlenschütte in die eine Hand, eine Kerze und den Schlüssel in die andere und stieg in die trostlosesten unterirdischen Höhlen des Lyons Inn hinab, wo die Fahrzeuge, die so spät noch auf der Straße unterwegs waren, wie Donnerhall klangen und wo alle Wasserrohre der Umgebung, denen Macbeths Amen im Hals zu stecken schien, dies nun anscheinend mit aller Macht herauswürgen wollten. Nachdem Mr. Testator erfolglos hier und da im Finsteren zwischen den niedrigen Türen herumgetastet hatte, kam er endlich an eine Tür mit einem rostigen Vorhängeschloss, in das sein Schlüssel passte. Mit mächtiger Anstrengung bekam er die Tür auf, doch als er hineinschaute, fand er keine Kohlen vor, sondern einen unordentlichen Haufen von Möbeln. Erschrocken darüber, dass er offensichtlich in den Keller eines anderen eingedrungen war, verschloss er die Tür wieder, fand endlich seinen eigenen Keller, füllte die Kohlenschütte und kehrte nach oben zurück.

Aber die Möbel, die er gesehen hatte, bewegten sich unaufhörlich wie auf Rollen in Mr. Testators Gedanken hin und her, als er um fünf Uhr in der kühlen Morgenstunde zu Bett ging. Ganz besonders fehlte ihm ein Tisch, an dem er schreiben konnte, und so ein Tisch, eigens zum Schreiben gemacht, war tatsächlich das vorderste Möbelstück in dem Haufen gewesen. Als seine Zugehfrau am Morgen aus ihrer Höhle auftauchte, um seinen Wasserkessel zum Kochen zu bringen, lenkte er kunstvoll das Gespräch auf das Thema Keller und Möbel, aber bei diesen Worten ging ihr offensichtlich kein Licht auf. Als sie ihn verließ und er beim Frühstück saß und über Möbel nachdachte, erinnerte er sich daran, wie rostig das Vorhängeschloss gewesen war, und folgerte daraus, dass die Möbel schon sehr lange in diesem Keller lagerten, vielleicht vergessen waren und der Eigentümer möglicherweise gestorben. Nachdem er einige Tage darüber nachgegrübelt hatte und es ihm während dieser Zeit nicht gelungen war, irgendetwas über die Möbel aus dem Lyons Inn herauszufinden, war er zum Äußersten entschlossen und entschied, sich diesen Tisch zu borgen. Das tat er noch am selben Abend. Er hatte den Tisch noch nicht lange in seinen Zimmern, als er beschloss, einen Sessel zu borgen; den hatte er noch nicht lange, als er den Entschluss fasste, ein Bücherregal zu borgen; dann ein Sofa; dann einen Teppich und einen Läufer. Zu diesem Zeitpunkt hatte er das Gefühl, »so weit in das Mobiliar eingedrungen« zu sein, dass es nun nicht mehr schlimm sein könnte, alles zu borgen. Folglich borgte er alles und verschloss den Keller für alle Zeiten. Er hatte ihn nach jedem Besuch ordentlich abgeschlossen. Er hatte jedes Möbelstück mitten in der Nacht die Treppe hinaufgetragen und sich dabei mindestens so verrucht gefühlt wie ein Grabräuber. Wenn er die Möbelstücke in seine Zimmer brachte, waren sie alle von einem blauen Schimmelpelz überzogen, und er hatte sie, von Gewissensbissen geplagt wie ein Mörder, heimlich poliert, während London schlief.

Mr. Testator lebte zwei, drei Jahre und mehr in seinen nun möblierten Zimmern und wiegte sich allmählich in dem sicheren Gefühl, dass die Möbel ihm gehörten. Dies war sein angenehmer Geisteszustand, als eines Nachts spät Schritte die Treppe heraufkamen und dann eine Hand über seine Tür glitt und nach dem Türklopfer tastete und sogleich ein tiefes, feierliches Pochen ertönte, das von einer

Sprungfeder in Mr. Testators Sessel hätte kommen können, die ihn vom Sitz hochkatapultierte, so rasch reagierte er darauf.

Mit einer Kerze in der Hand eilte Mr. Testator zur Tür und erblickte dort einen sehr blassen und sehr großen Mann; einen Mann, der sich herabbeugte; einen Mann mit sehr hohen Schultern, einem sehr schmalen Brustkorb und einer sehr roten Nase; einen Mann von schäbiger Eleganz. Er war in einen langen fadenscheinigen Umhang gehüllt, der vorn von mehr Nadeln als Knöpfen zusammengehalten wurde, unter den Arm hatte er einen Regenschirm ohne Griff geklemmt, als spielte er einen Dudelsack. Er hub an: »Ich bitte um Verzeihung, aber können Sie mir sagen ...«, und hielt inne; seine Augen ruhten auf einem Gegenstand in den Zimmern.

»Kann ich Ihnen was sagen?«, fragte Mr. Testator, der das Stutzen des Mannes mit plötzlichem Erschrecken bemerkt hatte.

»Ich bitte um Verzeihung«, sagte der Fremde, »aber ... das ist nicht die Frage, die ich stellen wollte ... sehe ich da einen kleinen Gegenstand, der mir gehört?«

Mr. Testator begann zu stottern, dass er sich nicht bewusst wäre ..., als der Besucher an ihm vorüber in die Zimmer schlüpfte. Dort untersuchte er, herumhüpfend wie ein Kobold, was Mr. Testator bis ins Mark erstarren ließ, zunächst den Schreibtisch und sagte »meiner«, dann den Sessel und sagte »meiner«, dann das Bücherregal und sagte »meines«; dann drehte er eine Ecke des Teppichs um und sagte »meiner«, kurz gesagt, er inspizierte jedes einzelne Möbelstück aus dem Keller, eines nach dem anderen, und sagte »meines«. Gegen Ende dieser Erkundung fiel Mr. Testator auf, dass der Mann von einer gewissen Flüssigkeit durchtränkt war, und diese Flüssigkeit war Gin. Er war nicht etwa unsicher auf den Beinen wegen des Gins, auch seine Sprache und seine Haltung hatten nicht darunter gelitten, aber insgesamt war ihm doch deutlich die Wirkung des Gins anzumerken.

Mr. Testator war in einem schrecklichen Zustand, denn nun traten ihm (laut seiner Lesart der Geschichte) zum ersten Mal die möglichen Konsequenzen seiner so überaus leichtsinnigen und dreisten Handlungen vor Augen. Als die beiden Männer eine Weile dagestanden und einander angestarrt hatten, begann Mr. Testator mit bebender Stimme: »Sir, ich bin mir bewusst, dass Ihnen in allem Erklärung, Entschädigung und Wiedergutmachung zustehen. Sie sollen Ihnen gewährt werden. Erlauben Sie mir, Sie eindringlich zu bitten, dass wir ohne Wutausbrüche, sogar ohne verständliche Verärgerung ein kleines ...«

»... Gläschen trinken«, fuhr der Fremde dazwischen. »Ich bin einverstanden.«

Mr. Testator hatte sagen wollen »ein kleines ruhiges Gespräch führen«, akzeptierte aber mit großer Erleichterung die Korrektur. Er brachte eine Karaffe mit Gin herbei, lief geschäftig umher, um heißes Wasser und Zucker zu holen, als er feststellte, dass sein Besucher die Karaffe bereits halb leer getrunken hatte. Mit heißem Wasser und Zucker erledigte der Besucher den Rest, bevor er sich, nach dem Klang der Kirchenglocken von St. Mary in the Strand zu schließen, auch nur eine Stunde in den Zimmern aufgehalten hatte; und dabei flüsterte er immer wieder vor sich hin: »Meines!«

Als der Gin ausgetrunken war und Mr. Testator sich schon fragte, was nun kommen sollte, erhob sich der Besucher und sagte mit zunehmender Förmlichkeit: »Zu welcher Zeit am Morgen würde es Ihnen passen, Sir?« Mr. Testator erwiderte vorsichtig: »Um zehn?« – »Sir«, antwortete der Besucher, »pünktlich um zehn werde ich hier sein.« Dann musterte er Mr. Testator mit einiger Muße und sagte: »Gott segne Sie! Wie geht es Ihrer Frau?« Mr. Testator (der nie eine Gattin gehabt hatte) erwiderte voller Empfinden: »Sie ist sehr besorgt, die Ärmste, aber sonst geht es ihr gut.« Daraufhin wandte sich der Besucher um und ging fort, fiel auf dem Weg die Treppe hinunter noch zweimal hin. Von dieser Stunde an hörte und sah man nichts mehr von ihm. Ob er ein Geist oder eine Wahnvorstellung oder ein Betrunkener war, der hier nichts zu suchen hatte, oder der beschwipste rechtmäßige Besitzer der Möbel, dem kurzzeitig einige Erinnerungen aufgeflackert waren; ob er sicher nach Hause kam, ob er überhaupt ein Zuhause hatte; ob er unterwegs am Alkohol gestorben war oder ob er von nun an für immer im Alkohol versank; jedenfalls hörte man nie wieder etwas von ihm. Dies war die Geschichte, die mit dem Mobiliar überliefert wurde und die von dessen zweitem Besitzer in den Zimmern im Obergeschoss des finsteren Lyons Inn für maßgeblich gehalten wurde.

Der Signalwärter

»Hallo! Hallo, da unten!«

Als er eine Stimme hörte, die ihn so anrief, stand er an der Tür seiner Signalbude, in der Hand die um ihre kurze Stange aufgerollte Fahne. Man hätte gedacht, angesichts der Art des Terrains hätte er keinen Zweifel hegen dürfen, aus welcher Richtung diese Stimme kam. Aber anstatt hochzuschauen, wo ich am Rand des steilen Einschnitts weit oben über seinem Kopf stand, drehte er sich herum und schaute die Gleise entlang. Es war etwas Bemerkenswertes an der Art, wie er dies tat, wenn ich auch um alles in der Welt nicht hätte sagen können, was es war. Aber ich wusste, dass es bemerkenswert genug war, um meine Aufmerksamkeit zu erregen, obwohl seine Gestalt verkürzt erschien und überschattet war, wie er da unten in dem tiefen Graben stand, und ich hoch über ihm aufragte und so in die Glut eines flammend roten Sonnenuntergangs eingetaucht war, dass ich mir die Augen mit der Hand beschatten musste, ehe ich ihn überhaupt sah.

»Hallo! Hallo, da unten!«

Nachdem er die Gleise entlanggeschaut hatte, drehte er sich noch einmal um seine eigene Achse, hob die Augen und sah meine Gestalt hoch über sich.

»Gibt es hier einen Pfad, auf dem ich zu Ihnen hinunterkommen kann, um mit Ihnen zu reden?«

Er schaute zu mir hinauf, ohne zu antworten, und ich schaute zu ihm hinunter, ohne ihn zu bald mit einer Wiederholung meiner müßigen Frage zu bedrängen.

Genau in diesem Augenblick war ein undeutliches Beben in der Erde und der Luft zu verspüren, das schnell in ein gewaltiges Pulsieren überging und in einen sich nähernden Ansturm, der mich zurückweichen ließ, als besäße er die Macht, mich nach unten zu reißen. Als der Dampf, der von diesem Schnellzug zu mir hinaufstieg, an mir vorübergezogen war und nun über die Landschaft hinwegstrich, blickte ich erneut nach unten und sah, wie der Mann die Fahne, die er gezeigt hatte, als der Zug vorbeifuhr, wieder einrollte.

Ich wiederholte meine Anfrage. Nach einer Pause, in der er mich mit starrer Aufmerksamkeit anzublicken schien, deutete er mit der aufgerollten Fahne auf eine Stelle auf meiner Höhe, aber in etwa zweihundert oder dreihundert Metern Entfernung. Ich rief zu ihm hinab: »Gut!«, und machte mich auf den Weg zu diesem Punkt. Dort fand ich, als ich mich genau umschaute, einen unebenen Pfad ausgekerbt, der im Zickzack hinab verlief und dem ich folgte.

Der Einschnitt war außerordentlich tief und ungewöhnlich steil. Man hatte ihn durch einen feuchtkalten Stein gehauen, der, je weiter ich nach unten kam, immer klammer und nasser wurde. Aus diesen Gründen blieb mir auf meinem langen Weg Zeit genug, mich an die einzigartige Gebärde des Zögerns oder der Widerwilligkeit zu erinnern, mit der er mir den Pfad gezeigt hatte.

Als ich den Zickzackweg weit genug hinuntergestiegen war, um den Mann wieder zu erblicken, sah ich, dass er zwischen den Schienen auf den Gleisen stand, über die gerade noch der Zug vorübergefahren war, und eine Haltung angenommen hatte, als wartete er darauf, dass ich erschiene. Die Linke hatte er am Kinn, und sein linker Ellbogen ruhte auf der rechten Hand, die quer über seiner Brust lag.

Seine Haltung atmete eine solche Erwartung und Wachsamkeit, dass ich einen Augenblick stehen blieb und ihn verwundert betrachtete.

Dann setzte ich meinen Weg nach unten fort, und als ich auf die Ebene der Geleise gelangte und mich ihm näherte, bemerkte ich, dass er ein kleingewachsener Mann mit dunklem Teint, einem schwarzen Bart und ziemlich schweren Augenbrauen war. Sein Dienstposten lag an einem der einsamsten und trostlosesten Orte, die ich je gesehen hatte. Zu beiden Seiten ragten triefnasse Wände aus rauem Gestein auf, die ihm jegliche Aussicht raubten, bis auf einen schmalen Streifen des Himmels; der Blick in die eine Richtung war nur eine krumme Verlängerung dieses Kerkers; die kürzere Perspektive in der anderen Richtung endete bei einem tristen roten Licht und dem noch tristeren Eingang zu einem pechschwarzen Tunnel, dessen massive Bauweise etwas Barbarisches, Bedrückendes und Abweisendes hatte. So wenig Sonnenlicht gelangte zu diesem Flecken, dass ein erdiger, gruftähnlicher Geruch in der Luft hing, und es pfiff so viel kalter Wind hindurch, dass die Kälte mir bis in die Knochen drang, als hätte ich bereits die natürliche Welt verlassen.

Ehe er sich überhaupt regte, war ich schon so nah zu ihm herangekommen, dass ich ihn hätte berühren können. Selbst da wandte er seine Augen nicht von den meinen ab, trat einen Schritt zurück und hob die Hand.

Dies sei ein wirklich einsamer Posten, den er innehätte (sagte ich), und er hätte meine Aufmerksamkeit erregt, als ich von oben auf ihn herabblicke. Besucher wären hier wohl eine Seltenheit, nähme ich an; aber doch wohl, hoffte ich, keine unwillkommene Seltenheit. In mir sähe er nichts als einen Mann, der sein ganzes Leben lang in enger Beschränkung eingeschlossen gewesen war und nun, da er endlich befreit sei, ein neuerwachtes Interesse an diesen großartigen Werken hegte. Solcherart sprach ich mit ihm, aber ich bin mir keinesfalls sicher, welche Worte ich genau wählte, denn abgesehen davon, dass ich ohnehin nur sehr ungern Gespräche anfange, hatte der Mann etwas, was mich einschüchterte.

Er richtete einen überaus seltsamen Blick auf das rote Licht in der Nähe des Tunneleingangs und schaute es gründlich von allen Seiten an, als fehlte etwas, und blickte dann zu mir hin.

Das Licht unterstand auch seiner Obhut? Oder nicht?

Er antwortete mit leiser Stimme: »Wissen Sie nicht, dass dem so ist?«

Mir kam der grausige Gedanke, während ich auf seine starren Augen und das finstere Gesicht blickte, dass er vielleicht ein Gespenst sei und kein Mensch.

Seither grüble ich darüber nach, ob sein Gehirn vielleicht gestört gewesen sein mag.

Nun trat ich meinerseits einen Schritt zurück. Aber bei dieser Bewegung bemerkte ich in seinen Augen eine kaum verhohlene Furcht vor mir. Das verjagte den grausigen Gedanken sofort.

»Sie schauen mich an«, sagte ich mit gezwungenem Lächeln, »als hätten Sie Angst vor mir.«

»Ich hatte Zweifel«, erwiderte er, »ob ich Sie schon einmal gesehen hatte.«

»Wo?«

Er deutete auf das rote Licht, das er angeschaut hatte.

»Dort?«, fragte ich.

Mich noch immer voller Wachsamkeit beobachtend, antwortete er (beinahe tonlos): »Ja.«

»Mein guter Mann, was sollte ich denn dort tun? Wie dem auch sei, ich war nicht dort, darauf können Sie Gift nehmen.«

»Ich denke, das kann ich«, gab er zurück. »Ja, ich bin mir sicher, das kann ich.«

Sein Verhalten entspannte sich, genau wie auch das meine. Er beantwortete all meine Bemerkungen bereitwillig und in wohlgesetzten Worten. Hatte er hier viel zu tun? Ja, das heißt er hatte genug Verantwortung zu tragen; aber hier wurde von ihm Genauigkeit und Wachsamkeit verlangt, und eigentliche Arbeit – körperliche Betätigung – gab es kaum. Das Signal umzustellen, hier eine Lampe zu putzen, dort eine Eisenkurbel zu drehen, das war alles, was er in dieser Hinsicht zu tun hatte. Und was die vielen langen und einsamen Stunden betraf, von denen ich so viel Aufhebens zu machen schien, da konnte er nur sagen, dass die Routine seines Lebens nun einmal diese Form angenommen und dass er sich inzwischen daran gewöhnt hatte. Er hatte hier unten eine Fremdsprache gelernt – wenn man denn von Sprachelernen sprechen konnte, da er sie nur lesen konnte und sich lediglich grobe Vorstellungen von ihrer Aussprache gemacht hatte. Er hatte sich auch mit Brüchen und Dezimalzahlen beschäftigt und es mit ein wenig Algebra versucht, aber er war, wie schon als kleiner Junge, immer noch nicht sonderlich gut im Umgang mit Zahlen. War es denn nötig, dass er sich im Dienst ständig in diesem engen Kanal voll feuchter Luft aufhielt, und durfte er nie zwischen diesen hohen Felswänden heraus in den Sonnenschein hinaufsteigen? Nun, das hing ganz von den Zeiten und den Umständen ab. Unter gewissen Bedingungen war weniger Betrieb auf der Strecke als unter anderen, und das Gleiche galt auch für gewisse Stunden des Tages und der Nacht. Bei schönem

Wetter nutzte er diese Gelegenheiten, um sich ein wenig aus diesen tiefen Schatten zu erheben; aber da er ja jederzeit von seiner elektrischen Glocke herbeigerufen werden konnte und in solchen Augenblicken dann mit doppelter Ängstlichkeit auf sie lauschte, war die Erleichterung nicht so ausgeprägt, wie ich vermuten würde.

Er nahm mich in seine Signalbude mit, wo es ein Kaminfeuer gab sowie einen Schreibtisch für ein offizielles Buch, in das er verschiedene Eintragungen machen musste, ein telegrafisches Instrument mit Wählscheibe, Zifferblatt und Zeigern und der kleinen Glocke, von der er eben gesprochen hatte. Nachdem ich in der Annahme, dass er mir die Anmerkung verzeihen würde, gesagt hatte, dass er offensichtlich eine gute Bildung genossen hatte und vielleicht (ich hoffte, das sagen zu dürfen, ohne ihn zu beleidigen) gar für diesen Posten zu gebildet war, bemerkte er, dass es in großen Menschengruppen selten an Beispielen für ein derartiges leichtes Missverhältnis fehlte; dass er gehört hatte, dass derlei in Fabriken, bei der Polizei und sogar in jener letzten Zuflucht der Verzweifelten, der Armee, vorkam; und dass er wusste, dass dem gewiss mehr oder weniger unter den Mitarbeitern jeder großen Eisenbahngesellschaft so sei. Er hatte, als er jung war (wenn ich das glauben konnte, da er jetzt in dieser Bude saß – ihm fiel es schwer), Physik studiert und Vorlesungen gehört; aber er hatte ein liederliches Leben geführt, seine Chancen schlecht genutzt, war vom rechten Weg abgekommen und gestrauchelt und hatte sich nie wieder aufgerafft. Darüber beschwerte er sich nicht. Er hatte sich die Suppe eingebrockt, und nun musste er sie auslöffeln. Es war viel zu spät, noch etwas zu ändern.

Alles, was ich hier knapp zusammengefasst habe, sagte er in sehr ruhiger Manier und wandte dabei seinen schwermütigen dunklen Blick mal mir, mal dem Kaminfeuer zu. Er streute ab und zu das Wort »Sir« ein, insbesondere als er sich auf seine Jugendzeit besann – als versuchte er mir zu verstehen zu geben, dass er nichts zu sein vorgeben wollte als das, was ich hier vor mir sah. Mehrere Male wurde er von der kleinen Glocke unterbrochen, musste Botschaften ablesen und Antworten schicken.

Einmal musste er vor der Tür stehen und eine Fahne schwenken, als ein Zug vorüberfuhr, und dem Lokomotivführer irgendeine mündliche Mitteilung machen. Ich beobachtete, dass er in der Erledigung seiner Pflichten bemerkenswert exakt und pflichtbewusst war, seinen Redefluss mitten im Wort unterbrach und schwieg, bis das, was er zu tun hatte, getan war.

Mit einem Wort: ich hätte diesen Mann als den allerbesten und zuverlässigsten Mann bezeichnet, den man in dieser Funktion nur einstellen konnte, wäre nicht der Umstand gewesen, dass er sich, während er mit mir redete, zweimal mit bleicher Miene unterbrach, sein Gesicht der kleinen Glocke zuwandte, die nicht geläutet hatte, die Tür der Hütte öffnete (die sonst geschlossen war, um die ungesunde Feuchtigkeit auszusperren) und auf das rote Licht in der Nähe des Tunneleingangs starrte. Beide Male kehrte er mit der unergründlichen Miene zum Kamin zurück, die ich bemerkt, aber nicht zu deuten gewusst hatte, als wir noch so weit voneinander entfernt waren.

Als ich aufstand, um ihn zu verlassen, sagte ich: »Sie könnten mich beinahe glauben machen, dass ich in Ihnen einen zufriedenen Menschen kennengelernt habe.«

(Leider muss ich zugeben, dass ich dies nur sagte, um ihn aufs Glatteis zu führen.)

»Ich denke, das war ich auch«, erwiderte er mit der leisen Stimme, in der er seine ersten Worte an mich gerichtet hatte, »aber nun bin ich beunruhigt, Sir, ich bin beunruhigt.«

Wenn er gekonnt hätte, er hätte diese Worte zurückgenommen. Nun hatte er sie aber einmal ausgesprochen, und ich ging rasch darauf ein.

»Worüber? Was macht Ihnen Sorgen?«

»Es ist sehr schwer zu erklären, Sir. Es fällt mir sehr, sehr schwer, darüber zu sprechen. Sollten Sie irgendwann noch einmal hier zu Besuch kommen, will ich versuchen, es Ihnen zu erzählen.«

»Aber ich habe bestimmt vor, Ihnen einen weiteren Besuch abzustatten. Sagen Sie mir, wann soll ich hier sein?«

»Ich beende morgen in der Frühe meinen Dienst und komme morgen um zehn Uhr nachts wieder her, Sir.«

»Ich komme um elf.«

Er dankte mir und ging mit mir zusammen zur Tür hinaus. »Ich zeige meine weiße Laterne, Sir«, sagte er dann mit seiner seltsam leisen Stimme, »bis Sie den Weg nach oben gefunden haben. Wenn Sie ihn gefunden haben, rufen Sie nicht! Und wenn Sie oben angelangt sind, rufen Sie nicht!«

Sein Gebaren ließ mir den Ort gleich kälter erscheinen, aber ich erwiderte nichts als: »Nun gut.«

»Und wenn Sie morgen Nacht herunterkommen, rufen Sie nicht! Lassen Sie mich Ihnen zum Abschied eine Frage stellen. Was hat Sie veranlasst, heute Abend ›Hallo! Hallo, da unten!‹ zu rufen?«

»Weiß der Himmel«, antwortete ich. »Ich habe so etwas in der Art gerufen …«

»Nicht so etwas in der Art, Sir. Das waren die genauen Worte. Die sind mir vertraut.«

»Zugegeben, das waren die Worte. Ich habe sie zweifellos gesagt, weil ich Sie dort unten gesehen habe.«

»Aus keinem anderen Grund?«

»Welchen anderen Grund könnte ich dafür denn gehabt haben?«

»Sie hatten nicht das Gefühl, dass sie Ihnen von einer übernatürlichen Stimme eingeflüstert wurden?«

»Nein.«

Er wünschte mir eine gute Nacht und hielt seine Laterne in die Höhe. Ich ging neben den Schienen her (mit dem sehr ungutem Gefühl, dass hinter mir vielleicht ein Zug heranfuhr), bis ich den Pfad gefunden hatte. Der Aufstieg war leichter als der Abstieg, und ich gelangte ohne Zwischenfall zu meinem Gasthaus zurück.

Pünktlich für meine Verabredung setzte ich in der folgenden Nacht den Fuß auf den ersten Abschnitt des Zickzackpfades, als die Uhren in der Ferne gerade elf schlugen.

Er wartete mit seiner weißen Laterne unten auf mich. »Ich habe nicht gerufen«, sagte ich, als wir einander näher kamen, »darf ich jetzt sprechen?«

»Gewiss, Sir.«

»Dann wünsche ich einen guten Abend, und hier ist meine Hand.«

»Guten Abend, Sir, und hier ist meine.«

Mit diesen Worten gingen wir Seite an Seite zu seiner Signalbude, traten ein, schlossen die Tür und setzten uns ans Kaminfeuer.

»Ich bin zu dem Schluss gekommen, Sir«, hub er an, beugte sich zu mir herüber, sobald wir saßen, und seine Stimme war kaum mehr als ein Flüstern, »dass Sie mich nicht zweimal fragen sollen, was mich beunruhigt. Ich habe Sie gestern Abend für einen anderen gehalten. Das beunruhigt mich.«

»Dieser Irrtum?«

»Nein. Dieser andere.«

»Wer ist es?«

»Ich weiß es nicht.«

»Er ähnelt mir?«

»Ich weiß es nicht. Ich habe sein Gesicht nie gesehen. Den linken Arm hält er vor das Gesicht, und der rechte winkt – sehr heftig. So etwa.«

Ich verfolgte seine Bewegung mit den Augen; es war ein aufgeregtes Gestikulieren eines Arms, mit äußerster Leidenschaft und Heftigkeit: Um Gottes willen, aus dem Weg!

»In einer mondhellen Nacht«, sagte der Mann, »saß ich einmal hier, als ich eine Stimme rufen hörte:

›Hallo! Hallo, da unten!‹ Ich schreckte auf, schaute aus jener Tür und sah diesen Jemand beim roten Licht in der Nähe des Tunnels stehen und winken, so wie ich es Ihnen gerade gezeigt habe. Die Stimme schien vom Rufen heiser und schrie: ›Achtung! Achtung!‹ Und dann wieder ›Hallo! Hallo, da unten!‹ Ich nahm meine Laterne, drehte sie auf Rot und rannte auf die Gestalt zu, während ich rief: ›Was ist los? Was ist geschehen? Wo?‹ Die Gestalt stand unmittelbar vor der Schwärze des Tunnels. Ich ging so nah heran, dass ich mich fragte, warum sie den Ärmel vor die Augen hielt. Ich rannte hin und hatte schon die Hand ausgestreckt, um den Ärmel wegzuziehen, als sie verschwunden war.«

»In den Tunnel?«, fragte ich.

»Nein. Ich lief in den Tunnel hinein, wohl fünfhundert Meter. Ich blieb stehen, hielt die Laterne über den Kopf und sah die Zahlenmarkierungen, die die genaue Entfernung anzeigen, und ich sah die Nässe, die sich in Flecken über die Wand ausbreitete und durch das Tunnelgewölbe sickerte. Ich rannte wieder hinaus, schneller, als ich hineingerannt war (denn der Ort erfüllte mich mit tödlichem Schrecken), und ich suchte rings um das rote Signallicht mit meiner roten Laterne, und ich stieg die eiserne Leiter zur Brüstung oben am Signal hinauf, und ich kam wieder herunter und lief hierher zurück. Ich telegraphierte in beide Richtungen. ›Es wurde Alarm ausgelöst. Stimmt etwas nicht?‹ Die Antwort kam aus beiden Richtungen: ›Alles in Ordnung.‹«

Ich widerstand dem eisigen Finger, der mir über das Rückgrat zu streichen schien, und erklärte ihm, dass diese Gestalt eine Täuschung seiner Sinne gewesen sein musste; dass Gestalten, die ihren Ursprung in einer Erkrankung jener zarten Nerven haben, die für die Funktion des Auges verantwortlich sind, meines Wissens schon häufig Patienten heimgesucht hätten, von denen einige sich der Natur ihres Leidens bewusst geworden seien und es sogar durch Experimente an sich selbst bewiesen hätten. »Und was einen eingebildeten Schrei angeht«, fuhr ich fort, »so lauschen Sie doch nur einen Augenblick dem Wind in dieser unnatürlichen Schlucht, während wir hier so leise sprechen, und lauschen Sie der wilden Harfe, in die er die Telegraphendrähte verwandelt hat.«

Das wäre alles schön und gut, versetzte er, nachdem wir eine Weile still gelauscht hatten, und er müsste ja wahrhaftig einiges über den Wind und die Drähte wissen – er, der so oft lange Winternächte hier allein Wache gehalten hatte.

Aber er wollte doch anmerken dürfen, dass er mit seiner Erzählung noch nicht zu Ende war.

Ich bat ihn um Verzeihung, und er fügte langsam, während er meinen Arm berührte, diese Worte hinzu: »Nicht sechs Stunden nach der Erscheinung geschah jenes unvergessliche Unglück auf der Strecke, und kaum zehn Stunden später wurden die Toten und Verwundeten durch den Tunnel an der Stelle vorbeigebracht, wo die Gestalt gestanden hatte.«

Ein unangenehmer Schauder kroch mir den Rücken hinunter, aber ich kämpfte dagegen an, so gut ich konnte. Es ließe sich nicht leugnen, erwiderte ich, dass dies ein bemerkenswertes Zusammentreffen von Umständen war, das sich gewiss tief in seine Gedanken eingraben musste. Aber es sei doch unbezweifelbar, dass ständig bemerkenswerte Zufälle geschahen, und die musste man in Betracht ziehen, wenn man sich mit einem solchen Thema beschäftigte.

Wenn ich auch sicherlich zugeben müsse, fügte ich hinzu (denn ich meinte zu sehen, dass er zum Widerspruch ansetzte), dass vernünftig denkende Menschen bei der alltäglichen Planung des Lebens dem Zufall nicht viel Bedeutung beimaßen.

Wiederum bat er, anmerken zu dürfen, dass er noch nicht zum Ende gekommen war.

Und ich bat ihn erneut um Verzeihung, dass ich mich zu einer Unterbrechung hatte hinreißen lassen.

»Das«, sagte er, während er mir wiederum die Hand auf den Arm legte und mit leeren Augen über die Schulter schaute, »geschah vor nur einem Jahr. Sechs oder sieben Monate verstrichen, und ich hatte mich von der Überraschung und dem Schock erholt, als ich eines Morgens bei Anbruch des Tages hier bei der Tür stand und auf das rote Licht schaute und das Gespenst erneut sah.« Er hielt inne und starrte mich an.

»Hat es etwas gerufen?«

»Nein. Es war stumm.«

»Hat es den Arm geschwenkt?«

»Nein. Es lehnte am Pfahl des Signals und hatte beide Hände vors Gesicht geschlagen. So etwa.«

Wieder folgte ich seinen Bewegungen mit den Augen. Es war eine Geste tiefer Trauer. Ich habe derlei Haltung bei Steinfiguren auf Grabmälern gesehen.

»Sind Sie zu ihm hingegangen?«

»Ich bin hineingegangen und habe mich hingesetzt, teils um meine Gedanken zu sammeln, teils weil ich einer Ohnmacht nahe war. Als ich wieder zur Tür ging, war der helle Tag angebrochen, und das Gespenst war verschwunden.«

»Aber es folgte nichts nach? Es geschah nichts weiter?«

Er berührte meinen Arm zwei- oder dreimal mit dem Zeigefinger und nickte dabei jedes Mal gespenstisch.

»An ebendiesem Tag bemerkte ich, als ein Zug aus dem Tunnel kam, an einem Waggonfenster auf meiner Seite etwas, was wie ein wirres Knäuel aus Händen und Köpfen aussah, und irgendetwas winkte mir. Ich sah es gerade noch rechtzeitig, um dem Lokomotivführer das Zeichen zum Halten zu geben. Er sperrte den Dampf ab und zog die Bremsen an, aber der Zug kam erst nach einhundertfünfzig Metern oder mehr zum Stehen. Ich rannte dem Zug hinterher, und während ich näher kam, hörte ich schreckliche Schreie. Eine wunderschöne junge Dame war gerade eben in einem der Abteile gestorben und wurde hier hereingebracht und auf den Boden zwischen uns gelegt.«

Unwillkürlich schob ich meinen Stuhl ein wenig zurück, als ich meinen Blick von den Dielen, auf die er gedeutet hatte, zu ihm wandte.

»Es ist wahr, Sir. Wahr. Genau wie es geschehen ist, so erzähle ich es Ihnen.«

Mir fiel nichts ein, was ich dazu sagen könnte, und mein Mund war ganz trocken. Der Wind und die Telegraphendrähte nahmen die Geschichte mit einem langen trauernden Wehklagen auf.

Er fuhr fort. »Nun, Sir, hören Sie sich dies an und urteilen dann, wie beunruhigt mein Geist ist. Das Gespenst kam vor einer Woche wieder. Seither ist es ab und an sporadisch hier erschienen.«

»Am Signal?«

»Am Notsignal.«

»Was scheint es da zu tun?«

Er wiederholte, womöglich mit noch größerer Leidenschaft und Heftigkeit, das aufgeregte Gestikulieren im Sinne von »um Gottes willen, aus dem Weg!«, das er mir schon vorher gezeigt hatte.

Dann fuhr er fort: »Ich finde keinen Frieden und keine Ruhe mehr davor. Es ruft mich, viele Minuten nacheinander und mit gequältem Ton: ›Da unten! Achtung! Achtung!‹ Es steht da und winkt mir zu. Es läutet meine kleine Glocke …«

Hier hakte ich ein. »Hat es gestern Abend Ihre Glocke geläutet, als ich hier war und Sie zur Tür gingen?«

»Zweimal.«

»Nun, ich verstehe«, sagte ich, »wie Ihre Phantasie Sie foppt. Meine Augen waren auf die Glocke gerichtet, und meine Ohren waren offen für ihr Läuten, aber so wahr ich lebe, sie hat nicht geläutet.

Nein, auch zu keiner anderen Zeit, außer wenn sie im natürlichen Ablauf physikalischer Vorgänge von einer Station angeläutet wurde, die sich mit Ihnen in Verbindung setzen wollte.«

Er schüttelte den Kopf. »Ich habe mich darin noch nie geirrt, Sir. Ich habe nie das Läuten des Gespenstes mit dem eines lebendigen Menschen verwechselt. Das Geisterläuten ist eine seltsame Schwingung in der Glocke, die sonst nichts auszulösen vermag, und ich habe noch nicht festgestellt, dass diese dem Auge sichtbar ist. Es wundert mich nicht, dass Sie es nicht gehört haben. Ich aber habe es gehört.«

»Und schien das Gespenst da zu sein, als Sie hinausblickten?«

»Es war da.«

»Beide Male?«

Er antwortete mit Bestimmtheit: »Beide Male.«

»Kommen Sie jetzt mit mir zur Tür und halten Ausschau nach ihm?«

Er biss sich auf die Unterlippe, als wollte er das lieber nicht tun, erhob sich aber. Ich öffnete die Tür und stand auf der Eingangsstufe, während er in der Türöffnung stehen blieb. Da war das Notsignal. Da war der düstere Tunneleingang. Da waren die hohen, nassen Felswände des Bahneinschnitts. Und da waren die Sterne darüber.

»Sehen Sie es?«, fragte ich ihn und beobachtete dabei sein Gesicht ganz genau.

Seine Augen traten hervor vor Anstrengung, aber vielleicht nicht mehr, als die meinen, während ich den Blick angelegentlich auf den gleichen Fleck gerichtet hatte.

»Nein, antwortete er. »Es ist nicht da.«

»Einverstanden«, meinte ich.

Wir gingen wieder hinein, schlossen die Tür und setzten uns hin. Ich überlegte, wie ich am besten meinen Vorteil nutzen konnte, wenn es denn einer war, als er in einer so nüchternen und sachlichen Art das Gespräch wieder aufnahm, als ginge er davon aus, dass es zwischen uns keinen ernstlichen Disput über die Fakten geben konnte, so dass ich mich auf einmal in der schwächsten Position befand.

»Inzwischen haben Sie sicher vollkommen begriffen, Sir«, meinte er, »dass das, was mich so furchtbar beunruhigt, die Frage ist: Was bedeutet das Gespenst?«

Ich wüsste nicht genau, erwiderte ich ihm, ob ich das vollkommen begriffen hätte.

»Wovor warnt es mich?«, fügte er nachdenklich hinzu, hielt die Augen auf das Kaminfeuer gerichtet und wandte sie nur manchmal mir zu. »Was ist die Gefahr? Wo ist die Gefahr? Irgendwo an der Strecke lauert Gefahr. Ein schreckliches Unglück wird geschehen. Ein drittes Mal ist es nicht zu bezweifeln, nach allem, was sich bisher ereignet hat. Aber gewiss ist es doch grausam, wie es mich heimsucht. Was soll ich nur machen?«

Er zog sein Taschentuch hervor und wischte sich die Schweißperlen von der heißen Stirn.

»Wenn ich ›Gefahr‹ telegraphiere, in einer oder in beide Richtungen, dann kann ich keinen Grund dafür angeben«, fuhr er fort und wischte sich die Handflächen. »Ich würde in Schwierigkeiten geraten und nichts ausrichten. Sie würden mich für verrückt halten. Ich denke, es würde etwa so ablaufen: Meldung: ›Gefahr! Achtung!‹ Antwort: ›Welche Gefahr? Wo?‹ Meldung: ›Ich weiß es nicht. Aber um Gottes willen Vorsicht!‹ Sie würden mich versetzen. Was sonst könnten sie machen?«

Die Qualen seines Geistes waren außerordentlich erbarmungswürdig anzusehen. Es war die seelische Marter eines gewissenhaften Mannes, den eine unzumutbare Verantwortung für das Leben anderer bis zum Äußersten bedrückte.

»Als das Gespenst zum ersten Mal unter dem Notsignal stand«, fuhr er fort, strich sich das dunkle Haar aus der Stirn zurück und rieb sich in einer Geste äußerster fieberhafter Qual wieder und wieder die Schläfen, »warum hat es mir da nicht gesagt, wo der Unfall sich ereignen würde – wenn er denn geschehen musste? Warum hat es mir nicht mitgeteilt, wie man ihn verhindern könnte – wenn er denn verhindert werden konnte? Als es beim zweiten Erscheinen sein Gesicht verbarg, warum hat es mir stattdessen nicht gesagt: ›Sie wird sterben. Sie sollen sie zu Hause festhalten‹? Wenn es bei diesen beiden Gelegenheiten nur gekommen ist, um mir zu zeigen, dass seine Warnung zutraf, und mich so auf die dritte vorzubereiten, warum warnt es mich nun nicht deutlicher? Oh, der Herr stehe mir bei! Einem armen Signalwärter an diesem einsamen Posten! Warum geht es nicht zu jemandem, der so vertrauenswürdig ist, dass man ihm Glauben schenkt, und der Handlungsgewalt besitzt?«

Als ich ihn in diesem Zustand sah, begriff ich, dass es mir nun um des armen Mannes und um der öffentlichen Sicherheit willen oblag, seinen Geist zu beruhigen. Deswegen ließ ich alle Fragen nach Wirklichkeit und Schein zwischen uns außer Acht und sagte ihm, dass jemand, der seine Pflicht gründlich tat, gute Arbeit leistete, dass er sich zumindest damit trösten könne, dass er verstand, was seine Pflicht sei, wenn er auch diese verwirrenden Erscheinungen nicht verstand. Mit diesen

Bemühungen hatte ich weit mehr Erfolg als mit meinem Versuch, ihm seine Überzeugung mit Vernunftgründen auszureden. Er beruhigte sich; die Tätigkeiten, die zu seinem Dienst gehörten, verlangten im Laufe der Nacht seine Aufmerksamkeit immer mehr, und ich verließ ihn gegen zwei Uhr morgens. Ich hatte ihm angeboten, die ganze Nacht über bei ihm zu bleiben, aber davon wollte er nichts wissen.

Dass ich mehr als einmal zu dem roten Licht zurückblickte, während ich den Pfad hinaufstieg, dass mir das rote Licht gar nicht gefiel und dass ich sehr schlecht geschlafen hätte, wenn mein Bett darunter gestanden hätte, will ich nicht verhehlen. Genauso wenig gefiel mir die Abfolge der Ereignisse bei dem Unfall und bei dem Tod des Mädchens. Auch das will ich nicht verhehlen.

Doch was meine Gedanken am meisten beschäftigte, war die Überlegung, wie ich mich verhalten sollte, nachdem ausgerechnet mir das alles enthüllt worden war. Ich hatte Beweise, dass der Mann intelligent, wachsam, gewissenhaft und genau war; aber wie lange würde er das bleiben in diesem Geisteszustand? Er war zwar in einer untergeordneten Position, hatte aber doch eine außerordentlich wichtige Vertrauensstellung inne, und würde ich (zum Beispiel) mein eigenes Leben davon abhängig machen, dass er seinen Pflichten weiterhin mit gewohnter Genauigkeit nachkam?

Da ich mich des Gefühls nicht erwehren konnte, dass es so etwas wie Verrat wäre, wenn ich das, was er mir anvertraut hatte, seinen Vorgesetzten bei der Bahngesellschaft weiterleitete, ohne zuerst deutliche Worte mit ihm zu sprechen und ihm einen Mittelweg vorzuschlagen, beschloss ich schließlich, ihm meine Begleitung zu dem klügsten Arzt anzubieten, den wir in unserer Gegend hatten (und ansonsten sein Geheimnis im Augenblick zu wahren), um dessen Fachmeinung einzuholen. Er hatte mir mitgeteilt, dass sich am nächsten Abend seine Schichtzeiten ändern würden, dass er eine oder zwei Stunden nach Sonnenaufgang abgelöst würde und erst nach Sonnenuntergang wieder Dienst hatte. Ich hatte mich entsprechend zu meinem nächsten Besuch mit ihm verabredet.

Der nächste Abend war wunderbar, und ich machte mich früh auf den Weg, um ihn zu genießen. Die Sonne war noch nicht ganz untergegangen, als ich den Feldweg in der Nähe des tiefen Einschnitts überquerte. Ich würde meinen Spaziergang noch um eine Stunde ausdehnen, sagte ich mir, eine halbe Stunde hin und eine halbe Stunde zurück, und dann wäre es Zeit, meinen Signalwärter in seiner Bude zu besuchen.

Ehe ich losschlenderte, trat ich zur Kante und schaute beinahe mechanisch von der Stelle hinunter, von wo aus ich ihn zum ersten Mal wahrgenommen hatte. Ich kann die Erregung nicht beschreiben, die mich erfasste, als ich nahe beim Eingang des Tunnels die Gestalt eines Mannes sah, der den linken Ärmel vor die Augen hielt und leidenschaftlich mit dem rechten Arm winkte.

Der namenlose Schrecken, der mich ergriffen hatte, verging bereits im nächsten Augenblick, denn schon sah ich, dass diese Erscheinung wirklich ein Mann war und dass ein wenig entfernt eine kleine Gruppe anderer Männer stand, an die er diese Geste zu richten schien. Das Notsignal war noch nicht angezündet. An seinem Fuß war aus einigen Holzstützen und Planen eine kleine niedrige Hütte errichtet, die mir völlig neu war. Sie sah kaum größer aus als ein Bett.

Mit dem unwiderstehlichen Gefühl, dass etwas nicht stimmte – und mit einer aufflackernden schuldbewussten Furcht, dass sich Unheilvolles ereignet hatte, weil ich den Mann dort allein gelassen und niemanden zu ihm geschickt hatte, der ihn beaufsichtigen oder seine Fehler korrigieren würde –, stieg ich den Zickzackweg hinunter, so schnell ich nur konnte.

»Was ist los?«, fragte ich die Männer.

»Der Signalwärter ist heute Morgen umgekommen, Sir.«

»Nicht der Mann, der zu diesem Posten gehört?«

»Doch, Sir.«

»Nicht der Mann, den ich kenne?«

»Sie werden ihn erkennen, Sir, wenn Sie ihn kannten«, sagte der Mann, der für die anderen sprach, nahm feierlich den Hut ab und hob ein Ende der Plane hoch, »denn sein Gesicht ist sehr gefasst.«

»Oh, wie ist das geschehen? Wie ist das geschehen?«, fragte ich, und wandte mich von einem zum anderen, nachdem man die Plane wieder gesenkt hatte.

»Er wurde von einer Lokomotive erfasst, Sir. Keiner in England beherrschte seine Arbeit besser. Aber irgendwie war er noch auf den Geleisen. Es war gerade heller Tag geworden. Er hatte das Licht angezündet und stand mit der Laterne in der Hand da. Als die Lokomotive aus dem Tunnel kam, stand er mit dem Rücken zu ihr, und sie hat ihn erfasst. Der Mann dort drüben war der Lokomotivführer und hat uns gezeigt, wie es geschehen ist. Zeig es dem Herrn, Tom.«

Der Mann, der raue dunkle Kleidung trug, ging zu seinem vormaligen Platz am Eingang des Tunnels zurück.

»Ich kam im Tunnel gerade um die Kurve, Sir«, sagte er, »und sah ihn am Ausgang stehen, wie durch ein Vexierglas. Es war keine Zeit mehr, die Geschwindigkeit zu drosseln, und ich wusste ja, wie vorsichtig er war. Da er mein Pfeifen nicht zu beachten schien, sperrte ich den Dampf ab, als wir auf ihn zurasten, und schrie ihm zu, so laut ich konnte.«

»Was haben Sie gerufen?«

»Ich habe geschrien: ›Da unten! Achtung! Achtung! Um Gottes willen aus dem Weg!‹«

Ich fuhr zusammen.

»Ah, es war schrecklich, Sir! Ich habe nicht aufgehört, das zu rufen. Ich habe mir den Arm vor die Augen gehalten, weil ich es nicht mitansehen konnte, und ich habe bis zuletzt mit dem anderen Arm gewinkt, aber es hat nichts genutzt.«

Ohne meine Erzählung unnötig dadurch in die Länge zu ziehen, dass ich mich einem der seltsamen Umstände mehr widme als den anderen, möchte ich doch zum Ende auf den ungewöhnlichen Zufall hinweisen, dass die Warnung des Lokomotivführers nicht nur die Worte enthalten hatte, von denen mir der unglückselige Signalwächter berichtet hatte, dass sie ihn heimsuchten, sondern auch die Worte, die ich selbst – nicht er – nur in Gedanken der von ihm nachgeahmten Geste zugeordnet hatte.

Erschienen 1866 in »Mugby Junction« (Eisenbahnkreuzung Mugby), der Weihnachtsausgabe von »All the Year Round«.

Ein Kindertraum von einem Stern

Es war einmal ein Junge, und der spazierte sehr viel herum und grübelte über sehr viele Dinge nach. Er hatte eine Schwester, die auch ein Kind und seine ständige Begleiterin war. Die beiden grübelten den lieben langen Tag. Sie grübelten über die Schönheit der Blumen; sie grübelten über die Höhe und das Blau des Himmels; sie grübelten über die Tiefe des hellen Wassers; sie grübelten über die Güte und Allmacht Gottes, der die wunderschöne Welt erschaffen hatte.

Sie sagten manchmal zueinander: Angenommen, alle Kinder auf der Erde würden sterben, wären dann die Blumen und das Wasser und der Himmel traurig? Die beiden glaubten, dass sie traurig sein würden. Denn, sagten sie, die Knospen sind die Kinder der Blumen, und die kleinen, verspielten Bäche, die die Berghänge hinuntertollen, sind die Kinder des Wassers; und die kleinsten hellen Pünktchen, die die ganze Nacht hindurch am Himmel Verstecken spielen, müssen gewiss die Kinder der Sterne sein, und sie würden alle trauern, wenn sie ihre Spielgefährten, die Kinder der Menschen, nicht mehr sähen.

Da gab es einen klaren, hellen Stern, der stets vor allen anderen am Himmel erschien, gleich neben dem Kirchturm über den Gräbern. Er war größer und schöner, fanden die Kinder, als all die anderen, und jeden Abend hielten sie nach ihm Ausschau und standen Hand in Hand am Fenster. Wer immer ihn zuerst sah, der rief: »Ich sehe den Stern!« Und oft riefen sie es zusammen, da sie so gut wussten, wann und wo er aufgehen würde. Also wurden sie so freundschaftlich vertraut mit ihm, dass sie, ehe sie sich zu Bett legten, immer noch einmal zu ihm hinausschauten, um ihm eine gute Nacht zu wünschen, und wenn sie sich zum Einschlafen umdrehten, sagten sie: »Gott segne den Stern!«

Aber als sie noch sehr klein war, oh, so sehr, sehr klein, da ermattete die Schwester und wurde so schwach, dass sie abends nicht mehr am Fenster stehen konnte; und dann schaute der Junge traurig allein hinaus, und wenn er den Stern sah, drehte er sich um und sagte zu dem geduldigen blassen Gesichtchen auf dem Bett: »Ich sehe den Stern!« Und dann flog ein Lächeln über das Gesicht, und eine kleine schwache Stimme sagte: »Gott segne meinen Bruder und den Stern!«

Und so kam schon allzu bald die Zeit, da der Junge allein hinausschaute und kein Gesichtchen mehr auf dem Bett zu sehen war und ein kleines Grab unter den Gräbern war, das zuvor nicht dagewesen war; und wenn der Stern seine langen Strahlen zu ihm hinunterstreckte, sah der Junge ihn durch seine Tränen hindurch.

Nun waren diese Strahlen so hell, und sie schienen einen so glänzenden Weg von der Erde zum Himmel zu eröffnen, dass der Junge, wenn er in sein einsames Bett stieg, von dem Stern träumte; und er träumte, dass er, wie er da im Bett lag, einen Menschenzug sah, der von Engeln über diese glitzernde Straße hinaufgeleitet wurde. Und der Stern öffnete sich und zeigte ihm eine große Welt des Lichts, wo noch viele andere Engel warteten, um die Menschen zu empfangen.

All diese wartenden Engel wandten ihre strahlenden Augen den Menschen zu, die in den Stern hinaufgetragen wurden; und manche traten aus den Reihen vor, in denen sie standen, und fielen den Menschen um den Hals und küssten sie zärtlich und gingen mit ihnen über Straßen des Lichts fort und waren in ihrer Gesellschaft so glücklich, dass er, der in seinem Bett lag, vor Freude weinte.

Doch es gab auch viele Engel, die nicht mit den Menschen gingen, und einen davon kannte er. Das geduldige Gesicht, das einst auf dem Bett gelegen hatte, war nun herrlich und strahlend, aber sein Herz entdeckte seine Schwester unter all den Heerscharen.

Der Engel seiner Schwester war am Eingang des Sterns und fragte den Ersten der Engel, die die Menschen dorthin brachten: »Ist mein Bruder gekommen?«

Und der Engel sagte: »Nein.«

Der Engel seiner Schwester drehte sich um, als der Junge seine Arme ausstreckte und rief: »O Schwester, ich bin hier! Nimm mich mit!« Und dann wandte sie ihm ihre strahlenden Augen zu, und es war Nacht, und der Stern schien ins Zimmer und schickte seine langen Strahlen zu ihm, als er ihn durch seine Tränen hindurch ansah.

Von dieser Stunde an betrachtete der Junge den Stern als das Zuhause, zu dem er gehen würde, wenn seine Zeit gekommen wäre, und er dachte, dass er nun nicht mehr nur zur Erde, sondern auch zum Stern gehörte, weil der Engel seiner Schwester ihm dorthin vorausgegangen war.

Dem Jungen wurde ein kleiner Bruder geboren; und während er noch so klein war, dass er nicht einmal ein einziges Wort gesprochen hatte, streckte er seinen winzigen Körper auf dem Bettchen aus und starb.

Wieder träumte der Junge von dem offenen Stern und von der Gesellschaft der Engel und den Reihen der Engel mit ihren strahlenden Augen, die sich alle den Gesichtern der Menschen zuwandten.

Wieder fragte der Engel seiner Schwester den Ersten der Engel: »Ist mein Bruder mitgekommen?«

Und der antwortete: »Nicht der, aber ein anderer.«

Als der Junge den Engel seines Bruders in ihren Armen erblickte, rief er: »O Schwester, ich bin hier! Nimm mich mit!« Und sie wandte sich um und lächelte ihn an, und der Stern schien.

Er wuchs zu einem jungen Mann heran, der mit seinen Büchern beschäftigt war, als ein alter Bediensteter kam und sagte: »Deine Mutter ist nicht mehr. Ich überbringe dir ihren Segen für ihren geliebten Sohn.«

Wieder sah er in der Nacht den Stern und all die vormalige Gesellschaft. Wieder fragte der Engel seiner Schwester den Ersten der Engel: »Ist mein Bruder gekommen?«

Und der sagte: »Deine Mutter!«

Ein großer Freudenschrei erschallte überall im Stern, weil die Mutter wieder mit ihren beiden Kindern vereint war. Und der Junge streckte die Arme aus und rief: »O Mutter, Schwester und Bruder, ich bin hier! Nehmt mich mit!«

Und sie antworteten ihm: »Noch nicht«, und der Stern schien.

Er wuchs zu einem Mann heran, und sein Haar wurde grau, und er saß auf seinem Sessel beim Kamin, von Schmerzen gebeugt und mit tränenüberströmtem Gesicht, als der Stern sich erneut öffnete.

Wieder fragte der Engel seiner Schwester den Ersten der Engel: »Ist mein Bruder gekommen?«

Und der antwortete: »Nein, aber seine junge Tochter.«

Und der Mann, der der Junge gewesen war, sah seine Tochter, die er gerade verloren hatte, ein himmlisches Wesen inmitten der drei, und er sagte: »Der Kopf meiner Tochter liegt an der Brust meiner Schwester, und den Arm hat sie meiner Mutter um den Hals gelegt, und zu ihren Füßen ist der Säugling aus der alten Zeit, und ich kann es jetzt ertragen, von ihr getrennt zu sein, Gott sei's gepriesen!«

Und der Stern schien.

So wurde aus dem Jungen ein alter Mann, und sein einstmals glattes Gesicht wurde runzelig, und seine Schritte wurden langsam und schwach, und sein Rücken war gekrümmt. Und eines Abends, als er zu

Bett lag und seine Kinder rings um ihn standen, rief er, wie er vor so langer Zeit gerufen hatte: »Ich sehe den Stern!«

Sie flüsterten einander zu: »Er stirbt.«

Und er sagte: »Das stimmt. Meine Jahre fallen von mir ab wie ein Gewand, und ich bewege mich als Kind auf den Stern zu. Und, o mein Vater, nun danke ich dir, dass er sich so häufig geöffnet hat, um meine Lieben zu empfangen, die jetzt auf mich warten.«

Und der Stern schien, und er scheint auf sein Grab.

Bestens verbürgte Klopfzeichen

Der Schreiber dieser Zeilen, der sich daranmacht, im vorliegenden wahrheitsgemäßen Bericht drei eigene spirituelle Erfahrungen aufzuzeichnen, erachtet es für unerlässlich, hier zunächst zu versichern, dass er bis zu der Zeit, in der ihm diese Erlebnisse widerfuhren, nicht an Klopfgeister oder Tischrücken geglaubt hat. In seiner abgeschmackten Vorstellung von der spirituellen Welt meinte er, deren Bewohner überträfen an intellektuellen Fähigkeiten womöglich sogar noch die von Peckham oder New York; und ihm schien es – in Anbetracht der ungeheuren Ignoranz, Überheblichkeit und Torheit, mit der diese Erde gesegnet ist – so völlig unnötig, auch noch Geistwesen herbeizurufen, um die Menschheit mit schlechter Rechtschreibung und schlimmerem Unsinn zu beglücken; er war tatsächlich sehr gegen diese körperlosen Wesen eingenommen, die einzig und allein unter Mühen hierherkommen, um sich über Gebühr zum Narren zu machen.

Derart war die grobe und platte Geisteshaltung des Schreibers noch am 26. Dezember des letzten Jahres. An jenem denkwürdigen Morgen, etwa zwei Stunden nach Tagesanbruch – das heißt um zwanzig Minuten vor zehn auf der Uhr des Schreibers, die auf einem Tisch neben dem Bett stand und die man in seinem Verlagsbüro sehen kann und die ein von Bautte in Genf hergestelltes Chronometer mit der Nummer 67,709 ist –, an jenem denkwürdigen Morgen also, etwa zwei Stunden nach Tagesanbruch, spürte der Schreiber, der mit der Hand an der Stirn im Bett auffuhr, deutlich siebzehn schwere Klopfzeichen in genau dieser Region. Begleitet wurde das Pochen von einem Schmerz in der nämlichen Gegend sowie von einem allgemeinen Unwohlsein, das dem eines galligen Zustands nicht unähnlich war. Einem plötzlichen Impuls folgend, fragte der Schreiber: »Was ist das?«

Die Antwort wurde unverzüglich (in Gestalt von drei Klopfern auf die Stirn) gegeben: »Gestern.«

Dann wollte der Schreiber, der noch nicht ganz wach war, wissen: »Was war gestern?«

Antwort: »Weihnachten.«

Der Schreiber, der inzwischen vollends zu sich gekommen war, erkundigte sich: »Wer ist das Medium in diesem Falle?«

Antwort: »Clarkins.«

Frage: »Mrs. Clarkins oder Mr. Clarkins?«

Antwort: »Beide.«

Frage: »Verstehen Sie unter Mr. den alten Clarkins oder den jungen Clarkins?«

Antwort: »Beide.«

Nun hatte der Schreiber tatsächlich am Vortag mit seinem Freund Clarkins (den man gern über das State Paper Office kontaktieren kann) zu Abend gespeist, und beim Essen hatte sich das Gespräch tatsächlich mit verschiedenen Aspekten von Geistererscheinungen beschäftigt. Der Schreiber erinnerte sich zudem, dass sowohl Clarkins senior als auch Clarkins junior sich überaus lebhaft an dieser Diskussion beteiligt und eigentlich der Gesellschaft das Thema beinahe aufgedrängt hatten. Auch Mrs. Clarkins hatte sich höchst angeregt eingeschaltet und in freudigem, wenn nicht gar überschwänglichem Ton angemerkt, dass es schließlich »nur einmal im Jahr« sei.

Aus all diesen Gründen war der Schreiber überzeugt, dass es sich um Klopfzeichen spiritueller Herkunft handelte, und fuhr fort: »Wer sind Sie?«

Das Klopfen auf seiner Stirn begann erneut, aber diesmal in äußerst unzusammenhängender Manier. Eine ganze Zeitlang war es unmöglich, einen Sinn herauszulesen. Nach einer Pause wiederholte der Schreiber (sich den Kopf haltend) die Anfrage mit feierlicher Stimme, von einem leisen Stöhnen begleitet: »Wer sind Sie?«

Immer noch war unverständliches Klopfen die Antwort.

Dann fragte der Schreiber mit unverändert feierlicher Stimme und einem weiteren Stöhnen: »Wie lautet Ihr Name?«

Die Antwort wurde mit einem Laut gegeben, der präzise einem geräuschvollen Schluckauf entsprach. Später stellte sich heraus, dass diese spirituelle Stimme auch deutlich von Alexander Pumpion, dem Laufburschen des Schreibers (und siebten Sohn der Witwe Pumpion, einer Bügelfrau) in einem angrenzenden Zimmer vernommen worden war.

Frage: »Ihr Name kann aber doch nicht Schluckauf sein? Schluckauf ist kein richtiger Name.«

Da keine Antwort kam, sagte der Schreiber: »Ich bitte Sie feierlich, bei unserer gemeinsamen Bekanntschaft mit dem Medium Clarkins – Clarkins senior, Clarkins junior und Clarkins Mrs. –, mir Ihren Namen zu verraten.«

Die Antwort, die mit außerordentlichem Widerwillen geklopft wurde, war: »Schlehensaft, Blauholz, Brombeere.«

Das schien dem Schreiber eine Parodie auf Spinnweb, Motte und Senfsamen aus dem *Sommernachtstraum* zu sein, was seiner Meinung nach die Erwiderung rechtfertigte: »Das ist Ihr Name?«

Der Klopfgeist gab zu: »Nein.«

»Wie werden Sie dann allgemein genannt?«

Pause.

»Ich frage Sie, wie werden Sie allgemein genannt?«

Der Geist, offensichtlich unter Zwang, antwortete auf höchst feierliche Weise: »Port.«

Diese furchtbare Mitteilung streckte den Schreiber eine Viertelstunde lang, am Rande einer Ohnmacht, zu Boden; während dieser Zeit wurden die Klopfzeichen mit aller Gewalt fortgesetzt, und eine Heerschar spiritueller Erscheinungen zog vor seinen Augen vorüber, in einer dunklen Schattierung und von großer Ähnlichkeit mit Kaulquappen, die sich gelegentlich zu Musiknoten hochwirbelten, während sie in den weiten Raum hinaufschwammen. Nachdem er Legionen dieser Wesen betrachtet hatte, verlangte der Schreiber von dem Klopfgeist zu wissen: »Wie soll ich Sie mir vorstellen? Was ist Ihnen im Großen und Ganzen am ähnlichsten?«

Die grausige Antwort war: »Schwarze Schuhwichse.«

Sobald der Schreiber seine Gefühle, die nun sehr stark waren, wieder im Zaum hatte, erkundigte er sich: »Sollte ich besser etwas zu mir nehmen?«

Antwort: »Ja.«

Frage: »Kann ich etwas schreiben?«

Antwort: »Ja.«

Ein Bleistift und ein Blatt Papier, die sich auf dem Tisch beim Bett befanden, sprangen dem Schreiber sofort in die Hand, und er fand sich gezwungen (in seltsam krakeligen Buchstaben und mit abfallenden Zeilen, während seine Schrift sonst bemerkenswert schlicht und gerade war), die folgende spirituelle Nachricht zu verfassen:

Mr. C.D.S. Pooney grüßt die Herren Bell und Company, Apotheker, Oxford Street, gegenüber Portland Street, freundlichst und bittet sie, die Güte zu haben, ihm durch den Überbringer eine echte blaue Pille von fünf Gran und einen echten schwarzen Trunk von entsprechender Stärke zukommen zu lassen.

Doch ehe er dieses Dokument Alexander Pumpion anvertraute (der es leider auf dem Rückweg verlor, wenn sich nicht gar der Verdacht aufdrängt, dass er es absichtlich in eines der Löcher eines fahrbaren Kastanienröstgeräts geschoben hat, um zu sehen, wie schön es auflodern würde), beschloss der Schreiber, den Klopfgeist mit einer abschließenden Frage auf die Probe zu stellen. Deswegen fragte er langsam und mit eindrucksvoller Stimme: »Werden diese Arzneien mir Magenschmerzen bereiten?«

Es ist unmöglich, die prophetische Gewissheit der Antwort zu beschreiben. »Ja.« Diese Zusicherung wurde später durch das Resultat voll und ganz bestätigt, woran sich der Schreiber noch lange erinnern wird, und nach dieser Erfahrung versteht es sich von selbst, dass er nun keine Zweifel mehr hegen konnte.

Die nächste Mitteilung von höchst interessanter Natur, mit der der Schreiber beglückt wurde, erreichte ihn auf einer der wichtigsten Eisenbahnstrecken. Die Umstände, unter denen ihm diese Enthüllung gemacht wurde – am zweiten Januar dieses Jahres –, waren die folgenden: Er hatte sich gerade von den Auswirkungen der vorherigen bemerkenswerten Heimsuchung erholt und wiederum an allen Vergnügungen der Jahreszeit teilgenommen. Den Vortag hatte er also in großem Frohsinn verbracht. Nun war der Schreiber auf dem Weg in eine berühmte Stadt, ein wohlbekanntes Handelsmekka, wo er Geschäfte abzuwickeln hatte, und er hatte etwas eiliger zu Mittag gegessen, als das in Eisenbahnen sonst der

Fall zu sein pflegt, was eine Folge der Verspätung des Zuges war. Sein Mittagessen war ihm von der jungen Dame hinter dem Tresen nur mit großem Zögern gereicht worden. Zu diesem Zeitpunkt war sie nämlich gerade sehr damit beschäftigt gewesen, ihr Haar und ihr Kleid zu richten, und ihre ausdrucksvollen Züge hatten Verachtung gespiegelt. Es wird sich herausstellen, dass diese junge Dame ein starkes Medium war.

Der Schreiber war in das Erste-Klasse-Abteil zurückgekehrt, in dem er zufällig allein saß, der Zug hatte wieder Fahrt aufgenommen, er war eingenickt, und die unfehlbare bereits erwähnte Uhr zeigte an, dass seit seinem Gespräch mit dem Medium fünfundvierzig Minuten verstrichen waren, als er von einem einzigartigen Musikinstrument aus dem Schlaf gerissen wurde. Dieses Instrument wurde, wie er zu seiner mit Erschrecken gemischten Verwunderung feststellte, in seinem Inneren gespielt. Die Töne waren dumpf und rollend, schwer zu beschreiben; aber wenn ein solcher Vergleich gestattet ist, dann ähnelten sie einem melodiösen Sodbrennen. Sei dem, wie es wolle, jedenfalls vermittelten sie dem Schreiber dieses bescheidene Gefühl.

Gleichzeitig mit dem Bewusstsein für das fragliche Phänomen bemerkte der Schreiber auch, dass seine

Aufmerksamkeit dringend erbeten wurde, und zwar durch eine rasche Reihung wütender Klopfzeichen im Magen und durch Druck auf den Brustkorb. Da er längst kein Skeptiker mehr war, nahm er sofort mit dem Geist Kontakt auf. Es entspann sich folgender Dialog:

Frage: »Kenne ich Ihren Namen?«

Antwort: »Das will ich meinen!«

Frage: »Fängt er mit einem S an?«

Antwort (ein zweites Mal): »Das will ich meinen!«

Frage: »Ich fordere Sie auf, diese Leichtfertigkeit zu lassen und mir mitzuteilen, wie Sie heißen.«

Nachdem der Geist eine Pause von mehreren Sekunden eingelegt hatte, buchstabierte er S-C-H-W-E-I-N-E. Dann spielte das Musikinstrument eine kurze unvollständige Melodie. Nun hob der Geist wieder an und buchstabierte das Wort P-A-S-T-E-T-E.

Jetzt hatte dieses spezielle Gebäck, diese ganz besondere Speise tatsächlich – das soll der Spötter wissen – den größten Teil des Mittagessens des Schreibers ausgemacht und war ihm von ebender jungen Dame gereicht worden, von der er nun wusste, dass sie ein mächtiges Medium war. Höchst zufrieden mit der Überzeugung, die sich seinen Gedanken aufdrängte, dass nämlich das Wissen, mit dem er in

Verbindung stand, nicht von dieser Welt war, setzte der Schreiber den Dialog fort.

Frage: »Man nennt Sie Schweinepastete?«

Antwort: »Ja.«

Frage (die der Schreiber nur sehr vorsichtig stellte, nachdem er ein natürliches Zögern überwunden hatte): »Sind Sie tatsächlich Schweinepastete?«

Antwort: »Ja.«

Der Versuch ist müßig, den geistigen Trost und die Erleichterung zu beschreiben, die diese wichtige Antwort dem Schreiber vermittelte. Er fuhr fort.

Frage: »Wir wollen uns recht verstehen. Ein Teil von Ihnen ist Schwein, und ein Teil ist Pastete?«

Antwort: »Genau.«

Frage: »Woraus besteht Ihr Pastetenanteil?«

Antwort: »Schmalz.« Nun ertönte auf dem Musikinstrument eine klagende Weise. Dann folgte das Wort: »Bratenfett.«

Frage: »Wie soll ich Sie mir vorstellen?«

Antwort (sehr rasch): »Blei.«

Ein Gefühl völliger Niedergeschlagenheit ergriff den Schreiber. Als er sich wieder ein wenig gefasst hatte, nahm er das Gespräch erneut auf.

Frage: »Ihre andere Natur ist schweinerner Art. Womit ist sie hauptsächlich genährt worden?«

Antwort (fröhlich): »Schwein, natürlich.«

Frage: »Sicher nicht, denn Schwein wird doch nicht mit Schwein gefüttert?«

Antwort: »Aber gewiss doch.«

Ein seltsames inneres Gefühl, das einem auffliegenden Taubenschwarm nicht unähnlich war, ergriff den Schreiber. Dann ereilte ihn eine überraschende Erleuchtung, und er sagte: »Verstehe ich Sie recht, dass die Menschenrasse, die so unvorsichtig ist, die unverdaulichen Festungen anzugreifen, die Ihren Namen tragen, und die wegen der großen Festigkeit ihrer beinahe undurchdringlichen Mauern nicht die Zeit hat, sie zu erstürmen, dass diese Menschenrasse die Gewohnheit hat, sehr viel davon in den Händen des Mediums zu hinterlassen, das mit diesem Schweinefraß dann wieder die Schweine für die zukünftigen Pasteten mästet?«

Antwort: »Sie haben's erfasst!«

Frage: »Dann stimmt es also, um ein Wort unseres unsterblichen Barden leicht zu verändern ...«

Antwort (den Redefluss unterbrechend): »Dasselbe Schwein in seiner Zeit, für viele Pasteten ist bereit, zumindest sieben Leben.«

Den Schreiber übermannte ein gewaltiges Gefühl. Aber wiederum begierig darauf, den Geist auf die Probe zu stellen und herauszufinden, ob er – in der poetischen Sprache der fortgeschrittenen

Seher aus den Vereinigten Staaten – aus einem der inneren und gehobenen Kreise der Geisterwelt stammte, überprüfte er sein Wissen mit der folgenden Frage.

Frage: »In der wilden Harmonie des Musikinstrumentes in mir, dessen ich mir gerade wieder bewusst geworden bin, von welchen anderen Substanzen sind dort noch Spuren vorhanden außer den bisher erwähnten?«

Antwort: »Traube, Gummi, Kamille, Weingeist, destillierte Kartoffeln.«

Frage: »Sonst nichts?«

Antwort: »Nichts Erwähnenswertes.«

Soll der Spötter erzittern und seine Ehrerbietung erweisen! Soll der schwache Skeptiker erröten! Der Schreiber hatte beim Mittagessen von dem mächtigen Medium ein Glas Sherry und ebenfalls ein kleines Glas Branntwein erbeten. Wer kann bezweifeln, dass diese Handelsartikel, auf die das Gespenst hinwies, ihm von jener Quelle unter diesen beiden Namen geliefert worden waren!

Eine weitere Begebenheit mag dann ausreichen, um zu beweisen, dass die Erfahrungen der oben beschriebenen Art nicht mehr in Frage zu stellen sind und dass man jeden Versuch, sie wegzudiskutieren, zum Kapitalverbrechen erklären sollte. Es handelt sich um einen großartigen Fall von Tischrücken.

Das Schicksal des Schreibers hatte es gefügt, dass er eine hoffnungslose Zuneigung zu Miss L... B... aus Bungay in der Grafschaft Sussex hegte. Miss L... B... hatte zu dem Zeitpunkt, als sich jenes Tischrücken ereignete, sein Angebot, ihr Herz und Hand zu schenken, noch nicht offen abgelehnt; aber seither scheint es wahrscheinlich, dass nichts als die kindliche Furcht vor ihrem Vater, Mr. B..., der den Antrag des Schreibers befürwortete, sie davon abgehalten hatte. Nun, beachten Sie das Tischrücken. Ein junger Mann, allen vernünftigen Menschen unausstehlich (seither mit Miss L... B.... verehelicht), weilte in ihrem Elternhaus zu Besuch. Der junge B... war auch von der Schule zu Hause. Der Schreiber war anwesend. Die Familiengesellschaft hatte sich um einen runden Tisch versammelt. Es war die Geisterstunde des Dämmerlichts im Monat Juli. Man konnte Gegenstände nur noch schemenhaft erkennen. Plötzlich versetzte Mr. B..., dessen Sinne eingelullt waren, alle Herzen in äußersten Schrecken, indem er einen leidenschaftlichen Schrei oder Ausruf von sich gab. Seine Worte (man hatte seine Erziehung in der Jugend sträflich vernachlässigt) waren genau die folgenden: »Verdammt, schiebt mir doch da was einen Brief in die Hand, hier, unter meinem eigenen Mahagoni!«

Bestürzung erfasste die versammelte Gruppe. Mrs. B... erhöhte das vorherrschende Entsetzen noch, indem sie behauptete, es hätte ihr über eine halbe Stunde lang etwas immer wieder einmal leise auf die Zehen getreten. Größere Bestürzung erfasste die versammelte Gruppe. Mr. B... rief nach Lampen. Jetzt beachten Sie das Tischrücken.

Der junge B... rief (und ich zitiere seinen Ausspruch wörtlich): »Es sind die Geister, Vater! Die sind schon die letzten vierzehn Tage bei mir!«

Mr. B... brüllte zornig: »Was meinst du, Junge? Was wollen die?«

Der junge B... antwortete: »Die wollen ein regelrechtes Postamt aus mir machen, Vater. Die reichen mir immer kaum fassbare Briefe, Vater. Einer der Briefe muss sich zu dir verirrt haben. Ich muss ein Medium sein, Vater. Oh, da geht's wieder los!«, rief der junge B... »Wenn ich nicht ein verflixtes Medium bin!«

Nun verfiel der Junge in heftige Zuckungen, stammelte übermäßig und schleuderte seine Arme und Beine so herum, dass es mir außerordentliches Ungemach bereiten musste (und auch bereitete), denn ich stützte seine geschätzte Frau Mutter in Reichweite seiner Stiefel; und er benahm sich wie ein Telegraph vor der Erfindung des elektrischen Telegraphen. Die ganze Zeit über schaute Mr. B... unter dem Tisch nach dem Brief, während der unausstehliche junge Mann, der danach Miss L... B... geehelicht hat, die nämliche junge Dame auf seine unausstehliche Manier beschützte.

»Oh, es geht schon wieder los!«, rief der junge B... ohne Unterbrechung weiter. »Wenn ich kein verflixtes Medium bin, Vater! Hier geht's schon wieder los! Gleich wird's zum Tischrücken kommen, Vater! Lassen Sie den Tisch nicht aus den Augen!«

Jetzt achten Sie auf das Tischrücken! Der Tisch ruckelte so heftig, dass er Mr. B... ein gutes Dutzend Male auf seinen kahlen Schädel schlug, während er darunter suchte, was Mr. B... dazu veranlasste, mit erstaunlicher Behändigkeit von dort hervorzukommen und ihn (ich meine den Schädel) mit großer Zärtlichkeit zu reiben und ihn (ich meine den Tisch) mit äußerster Heftigkeit zu beschimpfen. Ich beobachtete, dass das Tischrücken ohne Ausnahme in der Richtung der magnetischen Kraftlinien verlief, das heißt von Norden nach Süden oder vom jungen B... auf Mr. B... zu. Ich hätte noch einige weitere Beobachtungen zu diesem höchst interessanten Punkt machen wollen, aber da drehte sich der Tisch plötzlich und fiel um und schlug mich mit einer Gewalt zu Boden, die zudem durch den Schwung erhöht wurde, den der junge B... ihm gab, der in einem Zustand geistiger Verzückung mit dem Tisch geflogen kam und sich eine Weile nicht von der Stelle bewegen ließ. In der Zwischenzeit wurde mir klar, dass ich langsam von seinem Gewicht und dem des Tisches zerquetscht wurde, während er weiterhin seiner Schwester und dem unausstehlichen jungen Mann zurief, es würde in Kürze ein weiteres Tischrücken geben.

Es fand jedoch kein solches mehr statt. Der junge B... erholte sich, nachdem er mit den beiden einen kurzen Spaziergang im Dunkeln unternommen hatte, und es ließen sich an ihm den ganzen Abend über keine schlimmeren Auswirkungen dieser sehr schönen Erfahrung entdecken, die wir hatten machen dürfen, als eine leichte Neigung zu hysterischem Gelächter und eine merkliche Hingezogenheit (ich würde sogar sagen: magnetische Anziehung) seiner Linken in Richtung seines Herzens oder seiner Westentasche.

War das nun ein Fall von Tischrücken oder nicht? Was werden der Skeptiker und der Spötter wohl antworten?

Der Geist im Zimmer des jungen Herrn B.

Als ich mich im dreieckigen Mansardenzimmer des jungen Herrn B. häuslich einrichtete, das sich für seine Spukgeschichten einen so bemerkenswerten Ruf erworben hatte, wandten sich meine Gedanken natürlich dem jungen Herrn B. zu. Meine Vermutungen über ihn waren beunruhigend und von mannigfaltiger Art. Ob sein Vorname Benjamin, Bissextile (weil er in einem Schaltjahr geboren wurde), Bartholomew oder Bill wäre. Ob der einzelne Buchstabe B. vielleicht zu seinem Familiennamen gehörte und er Baxter, Black, Brown, Barker, Buggins, Baker oder Bird hieße. Ob er ein Findelkind gewesen sei und man ihn schlicht B. getauft hatte. Ob er ein Junge mit dem Mut eines Löwen war und daher B. einfach eine Abkürzung für Brite oder Bulle war. Ob er vielleicht mit einer gefeierten Dame verwandt war, die meine eigene Kindheit erhellt hatte und aus der Blutlinie der glänzenden Mother Bunch* stammte?

---

* »Mother Bunch's Closet newly Broke Open«, (Mutter Bunchs neu eröff-

Mit derartigen ergebnislosen Grübeleien quälte ich mich sehr. Ich schloss aus dem geheimnisvollen einzelnen Buchstaben auch auf die äußere Erscheinung und die Betätigung des Verstorbenen und fragte mich, ob er sich in Blau kleidete, ob er Badeschuhe trug (einen billardkugelkahlen Kopf konnte er ja noch nicht haben), ob er ein begabter Bub war, ob er Bücher mochte, ob er vielleicht wunderbar Bowling spielen konnte, ob er Fertigkeiten als Boxer besaß, ob er in seiner brillanten Bubenzeit je in Bognor, Bangor, Bournemouth, Brighton oder Broadstairs baden war?

Also, von Anfang an verfolgte mich dieser Buchstabe B.

Es dauerte nicht lange, bis ich merkte, dass ich nie zufällig vom jungen Herrn B. träumte oder von etwas, was ihm gehörte. Aber sobald ich aus dem Schlafe erwachte, zu welcher Stunde der Nacht auch immer, nahmen meine Gedanken die Grübelei wieder auf, wanderten fort und versuchten seinen Anfangsbuchstaben mit irgendetwas in Verbindung zu bringen, das zu ihm passen und meine Gedanken beruhigen würde.

<small>netes Kabinett), erschien 1760 und enthielt »die seltenen Geheimnisse der Kunst und Natur, von gelehrten Philosophen erprobt und überprüft, und allen geistreichen jungen Männern und Frauen anempfohlen, denen es verrät, wie sie gute Ehefrauen und Ehemänner finden können«.</small>

Sechs Nächte lang hatte ich mich so im Zimmer des jungen Herrn B sehr gesorgt, als mir auffiel, dass seltsame Dinge ihren Lauf nahmen.

Die erste Erscheinung, die sich mir zeigte, war früh am Morgen, als es gerade eben hell war und nicht mehr. Ich stand vor meinem Spiegel und rasierte mich, als ich plötzlich zu meiner Bestürzung entdeckte, dass ich nicht mich selbst – ich bin fünfzig –, sondern einen Jungen rasierte. Offensichtlich den jungen Herrn B.!

Ich zitterte und schaute über die Schulter: nichts da. Ich blickte wieder in den Spiegel und sah deutlich die Züge und den Gesichtsausdruck eines Jungen, der sich rasierte, nicht um einen Bart loszuwerden, sondern um einen zu bekommen. Außerordentlich verstört ging ich einige Male im Zimmer auf und ab und schritt dann erneut zum Spiegel zurück, war entschlossen, meine Hand ruhig zu halten und den Vorgang zu beenden, bei dem ich gestört worden war. Als ich meine Augen aufschlug, die ich geschlossen hatte, während ich meine Haltung wiederzuerlangen versuchte, traf mein Blick nun im Spiegel den eines jungen Mannes von vier- oder fünfundzwanzig Jahren. Entsetzt über dieses neue Gespenst, schloss ich erneut die Augen und bemühte mich intensiv, mich zu erholen. Als ich wieder aufschaute, sah ich im Spiegel meinen längst verstorbenen Vater, der sich die Wange rasierte. Ja, ich erblickte sogar meinen Großvater, den ich mein Lebtag nie gesehen hatte.

Obwohl ich von diesen bemerkenswerten Heimsuchungen natürlich sehr mitgenommen war, entschied ich mich, mein Geheimnis bis zu der Zeit für mich zu behalten, die für die gegenwärtige allgemeine Erklärung vorgesehen war. Von einer Vielzahl seltsamer Gedanken verstört, zog ich mich in dieser Nacht auf mein Zimmer zurück, bereit, eine neue Erfahrung spiritueller Natur zu machen. Und meine Bereitschaft war auch angebracht, denn als ich genau um zwei Uhr morgens aus unruhigem Schlaf erwachte, wie fühlte ich mich da, als ich feststellte, dass ich das Bett mit dem Skelett des jungen Herrn B. teilte!

Ich sprang auf, und auch das Skelett sprang auf. Dann hörte ich eine klagende Stimme, die sagte: »Wo bin ich? Was ist aus mir geworden?« Und als ich angestrengt in diese Richtung schaute, erblickte ich den Geist des jungen Herrn B.

Das jugendliche Gespenst war in altmodischer Manier gekleidet, vielmehr nicht so sehr gekleidet, als in eine Umhüllung aus graumeliertem Stoff gesteckt, die durch glänzende Knöpfe noch schrecklicher gemacht wurde. Ich beobachtete, dass diese Knöpfe in doppelter Reihe über beide Schultern des jungen Geistes verliefen und über seinen Rücken hinunterzugehen schienen. Er trug eine Halskrause. Seine rechte Hand (auf der ich deutliche Tintenflecke bemerkte) lag auf dem Bauch; ich brachte diese Geste mit einigen schwachen Pickeln auf seinem Gesicht in Verbindung und schloss daraus, dass dies der Geist eines Jungen war, der gewohnheitsmäßig stets viel zu viel Arznei zu sich genommen hatte.

»Wo bin ich?«, fragte das kleine Gespenst mit jämmerlicher Stimme. »Warum wurde ich nur in den Tagen des Kalomel* geboren? Warum wurde mir nur all dies Kalomel verabreicht?«

Ich erwiderte mit aufrichtigem Ernst, dass ich ihm das, bei meiner Seel, nicht sagen könnte.

»Wo ist meine kleine Schwester?«, fragte der Geist, »und wo meine engelgleiche kleine Frau, und wo ist der Junge, mit dem ich zur Schule gegangen bin?«

Ich flehte das Phantom an, sich zu beruhigen und vor allen Dingen bezüglich des Verlusts des Jungen,

---

* Kalomel, Quecksilber(I)-chlorid, fand früher vielfältige Anwendung in der Medizin: gegen Entzündungen in Nase und Rachen, als Abführmittel, zur Anregung der Gallenfunktion, gegen Brechdurchfall, bei Wassersucht, Milz-, Leber-, Lungenleiden und gegen Syphilis sowie äußerlich gegen Hornhautstellen, Geschwüre und Feigwarzen.

mit dem es zur Schule gegangen war, durchaus Mut zu schöpfen. Ich stellte ihm dar, dass nach menschlichem Ermessen dieser Junge wahrscheinlich gar nicht gut geraten sein würde, wenn man ihn denn entdeckte. Ich erläuterte ihm eindringlich, dass ich selbst verschiedene Jungen wiederentdeckt hatte, mit denen ich in die Schule gegangen war, und dass keiner von denen je geantwortet habe. Ich drückte meine bescheidene Meinung aus, dass dieser Junge nie antworten würde. Ich hielt ihm vor, er wäre ein mythisches Wesen, eine Wahnvorstellung und eine böse Falle. Ich erzählte, wie, als ich diesen Jungen aus meiner Schule das letzte Mal fand, dies bei einer Abendessengesellschaft war, wo er hinter der Wand eines weißen Halstuchs hervor eine verschwommene Meinung über jedes Thema unter der Sonne geäußert und eine geradezu titanische Langeweile verströmt hatte. Ich berichtete, wie er sich, nur weil wir einmal zusammen auf die »Old Doylance's«-Schule gegangen waren, bei mir zum Frühstück eingeladen hatte (eine gesellschaftliche Verfehlung höchsten Ausmaßes); wie ich ihn, die schwache Glut meines Glaubens an »Old Doylance's« anfachend, eingelassen hatte und wie er sich als furchtbarer Wanderer über den ganzen Erdball herausgestellt und die Kinder Adams mit unerklärlichen

Vermutungen über die Währung und mit dem Vorschlag belästigt hatte, dass die Bank of England, wollte sie nicht abgeschafft werden, sofort Gott weiß wie viele Tausend Millionen Banknoten zu zehn Schilling und Sixpence drucken und vertreiben müsse.

Der Geist hörte mir schweigend zu und starrte mich unverwandt an. »Barbier!«, redete er mich dann lebhaft an, als ich zu Ende gesprochen hatte.

»Barbier?«, wiederholte ich verstört – denn ich gehöre diesem Berufsstand nicht an.

»Dazu verdammt«, sagte das Gespenst, »ständig wechselnde Kunden zu rasieren – jetzt mich – jetzt einen jungen Mann – nun dich selbst, so wie du bist – jetzt deinen Vater – jetzt deinen Großvater; verdammt auch dazu, jede Nacht mit einem Skelett zu Bett zu gehen und dich jeden Morgen mit ihm zu erheben …«

(Mich schauderte, als ich diese schreckliche Ankündigung vernahm.)

»Barbier! Folge mir nach!«

Ich hatte bereits, bevor diese Worte ausgesprochen wurden, gespürt, dass ich unter einem Zauber stand, diesem Gespenst zu folgen. Das tat ich unverzüglich, und dann war ich nicht mehr im Zimmer des jungen Herrn B.

Die meisten Menschen wissen, zu welch langen und ermüdenden Reisen die Hexen gezwungen wurden, die in alten Zeiten alles zugaben und zweifellos nichts als die Wahrheit sprachen – besonders da man ihnen stets mit suggestiven Fragen behilflich war und die Folterwerkzeuge immer bereitstanden. Ich beteure, dass ich, während ich das Zimmer des jungen Herrn B bewohnte, von dem Geist, der in diesem Zimmer spukte, auf eine Expedition mitgenommen wurde, die mindestens so lang und abenteuerlich war wie jene Hexenreisen. Sicherlich, ich wurde keinem schäbigen alten Mann mit Ziegenhörnern und Schwanz vorgestellt (irgendetwas zwischen Pan und einem Lumpenhändler), der ganz gewöhnliche Empfänge gab, die so stumpfsinnig waren wie die im wirklichen Leben, nur vielleicht weniger anständig; aber ich habe andere Dinge gesehen, die mir sehr viel bedeutungsvoller erschienen.

Überzeugt davon, dass ich die Wahrheit spreche und dass man mir glauben wird, erkläre ich ohne Zögern, dass ich dem Geist folgte, zunächst auf einem Besen und später auf einem Schaukelpferd. Den bloßen Geruch der Farbe an diesem Tier – besonders nachdem ich ihn verstärkt hatte, indem ich das Pferd zum Schwitzen brachte – kann ich beschwören. Danach folgte ich dem Geist in einer Mietdroschke, einem Gefährt mit einem ebenfalls ganz besonderen Geruch, mit dem die heutige Generation leider nicht mehr vertraut ist, den jedoch ich wiederum zu beschwören bereit bin: einer Mischung aus Stall, räudigem Hund und sehr alten Blasebälgen. (Und ich fordere vorangegangene Generationen heraus, mich darin zu widerlegen.) Ich folgte dem Geist auf einem kopflosen Esel, zumindest auf einem Esel, der sich derart für den Zustand seines Bauchs interessierte, dass sein Kopf immer da unten war, um ihn zu untersuchen; auf Ponys, die nur mit dem einen Lebenszweck geboren waren, nach hinten auszukeilen; auf Jahrmarktkarussells und Schiffschaukeln; in der ersten Droschke – noch so einem vergessenen Fortbewegungsmittel.

Um euch nicht mit der in alle Einzelheiten gehenden Schilderung meiner sämtlichen Reisen auf der Fährte des Gespensts von Herrn B. zu strapazieren, die länger und wunderbarer waren als die Sindbads des Seefahrers, werde ich mich auf eine Erfahrung beschränken, die als Symbol für viele andere stehen mag.

Ich war auf wundersame Weise anders. Ich war ich selbst und doch nicht ich selbst. Ich war mir einer Sache in mir bewusst, die mein Leben lang unverändert blieb und die ich immer und in allen Stadien als unveränderlich wahrgenommen habe, und doch war ich nicht das Ich, das im Zimmer des jungen Herrn B. zu Bett gegangen war. Ich hatte das glatteste Gesicht und die kürzesten Beine, und ich hatte gerade ein anderes Geschöpf, das genau wie ich war, auch das glatteste Gesicht und die kürzesten Beine hatte, hinter eine Tür gezogen und vertraute ihm dort einen höchst erstaunlichen Vorschlag an.

Der Vorschlag war der, dass wir uns ein Serail aufbauen sollten.

Das andere Geschöpf stimmte mir begeistert zu. Der Junge hatte keine Ahnung von Ehrbarkeit, genauso wenig wie ich. So war die Sitte im Orient, so hielt es der gute Kalif Harun al-Raschid (lasst mich einmal diesen schurkischen Namen erwähnen, er weckt gar so süße Erinnerungen!), und dieser Brauch war höchst löblich und äußerst nachahmenswert. »O ja, das lass uns tun!«, sagte das andere Geschöpf und tat einen Luftsprung. »Lass uns ein Serail gründen!«

Uns war klar, dass wir dies vor Miss Griffin geheim halten mussten, nicht etwa weil wir den leisesten Zweifel am verdienstvollen Charakter dieser orientalischen Institution hegten, die wir importieren wollten, sondern weil wir wussten, dass Miss Griffin bar jeglichen menschlichen Mitgefühls war und zudem unfähig sein würde, die Größe des großen Harun zu erfassen. Nachdem also unser Geheimnis vor Miss Griffin undurchdringlich verhüllt war, lassen wir es Miss Bule anvertrauen.

Wir waren zu zehnt in Miss Griffins Institution bei den Hampstead Ponds; acht Damen und zwei Herren. Miss Bule, die meiner Vermutung nach damals das fortgeschrittene Alter von acht oder neun Jahren erreicht hatte, übernahm in dieser Gesellschaft die Führungsrolle. Ich eröffnete ihr das Thema im Laufe des Tages und schlug vor, sie solle die Favoritin werden.

Nachdem sich Miss Bule mit einer Bescheidenheit, die ihrem anbetungswürdigen Geschlecht so natürlich und bezaubernd zu Gesicht steht, von diesem Vorschlag geschmeichelt zeigte, wollte sie jedoch wissen, was wir für Miss Pipson vorgesehen hätten? Miss Bule, von der wir wussten, dass sie dieser Dame auf dem Buch *Church Service and Lessons* – in zwei Bänden mit Schuber und Schloss – Freundschaft bis zum Tod geschworen hatte – keine halben Sachen, keine Geheimnisse –, Miss Bule sagte also, sie könnte als Miss Pipsons Freundin weder sich selbst noch mir verheimlichen, dass an Pipson durchaus nichts Gewöhnliches war.

Da nun Miss Pipson lockiges helles Haar und blaue Augen hatte (was meiner Vorstellung eines für schön erachteten weiblichen Lebewesens sehr nahe kam), erwiderte ich sogleich, dass ich Miss Pipson in der Rolle der schönen Tscherkessin sah.

»Und was dann?«, fragte Miss Bule nachdenklich.

Ich antwortete, dass sie von einem Händler verlockt und mir verschleiert zugeführt werden sollte, damit ich sie als Sklavin kaufen könnte.

(Das andere Geschöpf hatte sich bereits mit der zweiten männlichen Rolle im Staat abgefunden und wurde als Großwesir geadelt. Später leistete der Junge Widerstand gegen jenen Lauf der Dinge, wurde aber so lange an den Haaren gezogen, bis er nachgab.)

»Werde ich dann nicht eifersüchtig sein?«, erkundigte sich Miss Bule und schlug kokett die Augen nieder.

»Aber nein, Zobeide«, erwiderte ich, »du bleibst immer die Lieblingsfrau des Sultans, und der erste Platz in meinem Herzen und auf meinem Thron wird auf ewig dir allein gehören.«

Ob dieser Zusicherung erklärte sich Miss Bule bereit, ihren sieben wunderschönen Spielgefährtinnen den Gedanken zu unterbreiten. Da mir im Laufe des Tages in den Sinn kam, dass wir, da wir uns gewiss auf einen ständig grinsenden und gutmütigen Burschen namens Tabby verlassen konnten, der das Faktotum des Hauses war und der kaum mehr Gestalt hatte als eines der Betten und auf dessen Gesicht immer mehr oder weniger schwarzer Ofenruß war, schmuggelte ich Miss Bule nach dem Abendessen einen Zettel folgenden Inhalts in die Hände: Da der schwarze Ofenruß sozusagen vom Finger der Vorsehung auf sein Gesicht geschmiert worden wäre, müssten wir Tabby die Rolle des Mesrour geben, des gefeierten Anführers der schwarzen Haremswächter.

Wie bei allen menschlichen Unterfangen gab es Schwierigkeiten bei der Gründung der geplanten Einrichtung. Das andere Geschöpf erwies sich als Mensch von niederem Charakter, und als sein Anspruch auf den Thron vereitelt worden war, gab der Junge vor, moralische Skrupel zu hegen und sich unmöglich vor dem Kalifen auf den Boden werfen zu können; wollte ihn nicht Herrscher der Gläubigen nennen und sprach höchst abschätzig von ihm als einem bloßen »Kerl«; sagte, er, das andere Geschöpf, »würde nicht mitspielen« – spielen! – und war insgesamt grob und beleidigend. Diese gemeine Einstellung wurde jedoch durch die allgemeine Entrüstung des vereinten Serails niedergeworfen, und ich wurde mit dem Lächeln von acht der schönsten Töchter der Menschheit gesegnet.

Dieses Lächeln durfte mir aber nur zuteilwerden, wenn Miss Griffin in die andere Richtung schaute, und auch dann nur sehr vorsichtig, denn unter den Jüngerinnen und Jüngern des Propheten ging die Legende, dass Miss Griffin auch mit einer kleinen runden Verzierung hinten auf ihrem Schultertuch sehen konnte. Doch jeden Tag nach dem Abendessen waren wir eine Stunde lang alle beisammen, und die Favoritin und der Rest des königlichen Harems wetteiferten, wer von ihnen den heiteren Harun am besten umgarnen könnte, der sich von seinen Staatsgeschäften ausruhte – die allgemein, wie die meisten Staatsgeschäfte, arithmetischer Art waren, da der Herrscher der Gläubigen ein großer Pfuscher war, wenn es ums Rechnen ging.

Bei diesen Gelegenheiten war stets der ergebene Mesrour, Anführer der schwarzen Haremswächter, zugegen (und Miss Griffin klingelte leider zu dieser Zeit meist energisch nach ihm), entledigte sich seiner Aufgaben allerdings niemals in einer Manier, die seiner historischen Reputation gerecht geworden wäre. Zunächst konnte man nie zufriedenstellend erklären, warum er zum Diwan des Kalifen seinen Besen mitbrachte, selbst wenn Harun den roten Mantel des Zorns (Miss Pipsons mit Fell gefütterten Umhang) um die Schultern trug, obwohl man das für den Augenblick noch verwinden konnte. Zweitens waren seine grinsenden Ausrufe »Mannomann, seid ihr hübsch, ihr Kleinen!« weder orientalisch noch respektvoll. Drittens sagte er jedes Mal, wenn man ihn anwies, »Bismillah!« zu sagen, stattdessen »Halleluja!«. Dieser Würdenträger war, im Gegensatz zu anderen seines Standes, insgesamt zu gutgelaunt, riss das Maul immer viel zu weit auf, gab seiner Zustimmung in einem grotesken Maße Ausdruck, und einmal – als die schöne Tscherkessin gerade für fünfhunderttausend Beutel Gold gekauft worden war, ein wirklich gutes Geschäft – umarmte er die Sklavin, die Favoritin und den Kalifen, alle ringsum. (In Klammern möchte ich anfügen: Gott segne Mesrour, und mögen viele Söhne und Töchter an jenem zartfühlenden Busen geruht haben, der seither so manchen harten Tag versüßt hat!)

Miss Griffin war ein Ausbund des Anstands, und ich vermag mir nicht vorzustellen, was diese tugendhafte Frau empfunden hätte, wenn sie, die uns in Zweierreihen die Hampstead Road hinuntermarschieren ließ, gewusst hätte, dass sie mit würdevollen Schritten an der Spitze der Vielweiberei und des Mohammedanertums ging. Ich glaube, dass eine geheimnisvolle und schreckliche Freude, mit der die Betrachtung von Miss Griffin in diesem ihrem unbewussten Zustand uns erfüllte, und das in uns vorherrschende finstere Gefühl, das aus dem Wissen darüber entsprang, was Miss Griffin (die alles wusste, was man aus Büchern lernen konnte) diesmal nicht wusste, hauptsächlich dafür verantwortlich waren, dass wir unser Geheimnis nicht verrieten. Und es wurde wunderbarerweise gewahrt, nur einmal war es nahe daran, von uns selbst aufgedeckt zu werden. Diese Gefahr trat an einem Sonntag auf und wurde auch an einem Sonntag gebannt. Wir waren alle zehn in einem gut einsehbaren Teil der Empore einer Kirche aufgereiht, mit Miss Griffin an der Spitze – wie wir das jeden Sonntag waren, um unsere Einrichtung auf unsäkulare Weise zu vertreten –, als zufällig die Beschreibung von König Salomon in all seiner häuslichen Pracht vorgelesen wurde. In dem Augenblick, als dieser Monarch so missbilligend erwähnt wurde, flüsterte mir mein Gewissen zu: Auch du, Harun! Der den Gottesdienst abhaltende Pfarrer schielte, und das unterstützte mein schlechtes Gewissen, indem es mir den Eindruck vermittelte, er läse diesen Abschnitt für mich allein. Purpurne Schamröte, begleitet von furchtsamem Schwitzen, erfasste meine Gesichtszüge. Der Großwesir war mehr tot als lebendig, und alle Damen des gesamten Serails erröteten, als schiene der Sonnenuntergang von Bagdad ihnen geradewegs auf ihre hübschen Gesichter. In diesem unheilvollen Augenblick erhob sich die schreckliche Miss Griffin und schaute bedrohlich über die Kinder des Islam. Mein persönlicher Eindruck war, dass sich hier Kirche und Staat mit Miss Griffin verschworen hatten, um uns bloßzustellen, und dass wir alle in weiße Büßergewänder gehüllt und im Mittelgang der Kirche zur Schau gestellt werden sollten. Aber Miss Griffins Rechtschaffenheit war wohl so okzidentalisch – wenn man diesen Ausdruck hier als Gegensatz zu allem Orientalischen benutzen darf –, dass sie nur vermutete, die Äpfel wären uns nicht bekommen, und wir gerettet waren.

Ich habe davon gesprochen, dass das Serail geeint war. Nur in der Frage, ob der Herrscher der Gläubigen im Schutz seines Palastes das Recht auf Küsse ausüben dürfe, waren seine unvergleichlichen Insassinnen nicht einer Meinung. Zobeide behauptete, die Favoritin habe ihrerseits das Gegenrecht zum Kratzen, und die schöne Tscherkessin verbarg ihr Gesicht zum Schutz in einer grünen Friestasche, die ursprünglich für Bücher gedacht gewesen war. Andererseits vertrat eine junge Antilope von überirdischer Schönheit, die aus den fruchtbaren Ebenen von Camden Town stammte (wohin sie einst Händler mit einer der Karawanen gebracht hatten, die alle halbe Jahre nach den Ferien die dazwischenliegende Wüste durchquerten), liberalere Meinungen, verlangte aber, diesen Hund und Hundesohn, den Großwesir, vom Genuss selbiger Freiheiten auszuschließen – denn der hatte keine Rechte und kam nicht in Frage. Schließlich wurde die Schwierigkeit mit einem Kompromiss überwunden, indem eine sehr jugendliche Sklavin als Stellvertreterin eingesetzt wurde. Auf einen Schemel gestellt, empfing sie auf ihren Wangen offiziell den vom gnadenreichen Harun für die anderen Sultaninnen bestimmten Gruß und wurde dafür insgeheim aus den Schatullen der Haremsdamen entlohnt.

Und nun, auf der Höhe meiner Wonnen, kamen mir schwere Bedenken. Ich begann an meine Mutter zu denken und überlegte, was sie wohl sagen würde, wenn ich im Mittsommer unerwartet acht der schönsten Töchter der Menschheit mit nach Hause brächte. Ich dachte an die Anzahl der Betten, die wir zu Hause zurechtmachen müssten, an das Einkommen meines Vaters und an den Bäcker, und meine Niedergeschlagenheit verdoppelte sich noch. Das Serail und der bösartige Wesir, die den Grund für die Traurigkeit ihres Herrn errieten, taten ihr Möglichstes, um sie noch zu verstärken. Sie schworen unerschütterliche Treue und erklärten, sie wollten mit ihm leben und sterben. Durch diese Beteuerungen der Anhänglichkeit zu äußerstem Elend getrieben, lag ich stundenlang wach und grübelte über mein schreckliches Schicksal nach. In meiner Verzweiflung hätte ich vielleicht schon bald eine Gelegenheit ergriffen, mich vor Miss Griffin auf die Knie zu werfen, meine Ähnlichkeit mit Salomon zu gestehen und darum zu flehen, man möge mit mir nach den gröblich verletzten Gesetzen meines Landes verfahren, hätte sich mir nicht ein nie bedachtes Mittel zur Flucht aus dieser Situation aufgetan.

Eines Tages gingen wir gerade wieder – immer zwei und zwei – spazieren, wobei der Wesir wie gewöhnlich die Anweisung hatte, genau auf den Jungen am Schlagbaum zu achten und ihn, wenn er die Schönheiten des Harems durchdringend anglotzte (was er immer tat), in der Stille der Nacht zu erdrosseln – und zufällig waren unsere Herzen von Niedergeschlagenheit verdüstert. Eine unerklärliche Handlung von Seiten der Antilope hatte den Hofstaat in Ungnade gebracht. Dieses Schätzchen hatte mit der Behauptung, der Vortag sei ihr Geburtstag gewesen und ungeheure Reichtümer seien zur Feier des Anlasses in einem Schließkorb geschickt worden (beides grundlose Behauptungen), insgeheim, aber sehr dringlich fünfunddreißig Prinzen und Prinzessinnen aus der Umgegend zu einem Ball und Abendessen eingeladen, mit der besonderen Maßgabe, dass sie »nicht vor zwölf abgeholt werden sollten«. Dieser Höhenflug der Antilopenphantasie hatte dazu geführt, dass überraschend vor Miss Griffins Tür, in unterschiedlichen Equipagen und mit verschiedenen Begleitern, eine große Gesellschaft von Menschen im Festgewand auftauchte, die voll freudiger Erwartung auf der obersten Treppenstufe abgeliefert und dann, in Tränen aufgelöst, fortgeschickt wurden. Als das erste doppelte Klopfen an der Tür zu hören war, das bei solchen Zeremonien üblich ist, hatte sich die Antilope in eines der hinteren Mansardenzimmer zurückgezogen und dort eingeschlossen; mit dem Erscheinen jedes neuen Gastes war Miss Griffin immer verwirrter geworden, und schließlich hatte man beobachtet, dass sie ihr Kleid zerriss. Schließlich waren auf die Kapitulation der Straftäterin deren Einzelarrest im Wäschezimmer bei Wasser und Brot und eine Strafpredigt von rachsüchtiger Länge für alle anderen gefolgt, in der Miss Griffin nachstehende Ausdrücke benutzt hatte: Zunächst »ich glaube, dass ihr alle davon wusstet«; und zweitens »ihr seid einer so ungezogen und böse wie der andere«; und drittens »ein Haufen kleiner Schlingel«.

Unter diesen Umständen schlichen wir trostlos einher, und besonders ich, da meine muselmanische Verantwortung schwer auf meinen Schultern lastete, war in einem ausgesprochen niedergeschlagenen Geisteszustand, als ein fremder Herr Miss Griffin ansprach; nachdem er eine Weile neben ihr hergegangen war und mit ihr geredet hatte, schaute er zu mir hin. Ich nahm an, dass er ein Gesetzeshüter war und dass mein Stündlein geschlagen hatte, und rannte sofort weg mit dem Fluchtziel Ägypten.

Alle Damen des gesamten Serails schrien auf, als sie mich davonlaufen sahen, so schnell mich meine Füße trugen (ich hatte den Eindruck, dass die erste Straße links und dann eine Runde um das Gasthaus der kürzeste Weg zu den Pyramiden wäre), Miss Griffin rief mir nach, der treulose Großwesir rannte hinter mir her, und der Junge am Schlagbaum drückte mich wie ein verirrtes Schaf in eine Ecke und schnitt mir den Weg ab. Niemand schimpfte mich aus, als man mich ergriff und zurückbrachte; Miss Griffin sagte nur mit umwerfender Sanftheit, dass dies wirklich seltsam sei! Warum wäre ich denn weggelaufen, als der Herr zu mir schaute?

Selbst wenn ich bei Puste gewesen wäre und hätte antworten können, so behaupte ich, hätte ich nichts erwidert; da ich jedoch außer Atem war, habe ich ganz gewiss keine Antwort gegeben. Miss Griffin und der fremde Herr nahmen mich zwischen sich und gingen mit mir beinahe zeremoniell zum Palast zurück; aber es war keineswegs (wie ich nicht umhin konnte, erstaunt festzustellen) die Behandlung, die man einem Schuldigen angedeihen lässt.

Als wir dort ankamen, begaben wir uns allein in ein Zimmer, und Miss Griffin rief Mesrour, den Anführer der dunklen Haremswächter, zu Hilfe, dem sie etwas zuflüsterte, worauf er in Tränen ausbrach.

»Gott segne dich, mein Schatz!«, rief jener Würdenträger, »deinem Papa geht's mächtig schlecht!«

Ich fragte mit bebendem Herzen: »Ist er sehr krank?«

»Der Herr möge nur sanfte Brisen um dich streichen lassen, mein Lamm!«, sagte der gute Mesrour und kniete sich hin, damit ich eine tröstende Schulter hatte, an die ich meinen Kopf lehnen konnte. »Dein Papa ist tot!«

Bei diesen Worten ergriff Harun al-Raschid die Flucht, das Serail verschwand; von diesem Augenblick an sah ich keine der acht schönsten Töchter der Menschheit je wieder.

Ich wurde nach Hause gebracht, und zu Hause waren außer dem Tod auch Schulden eingezogen, und wir mussten alles verkaufen. Mein eigenes kleines

Bett wurde von einer mir unbekannten Macht, die man vage als »Händler« bezeichnete, mit so hochnäsiger und abschätziger Miene angeschaut, dass wir noch eine Kohlenschütte aus Messing, einen Bratspieß und einen Vogelkäfig mit dazugeben mussten, damit ein Los daraus wurde, und dann ging es für einen Apfel und ein Ei weg. Das hörte ich jedenfalls, und ich fragte mich, für welchen Apfel und für welches Ei, und es mussten ein recht faules Ei und ein fauler Apfel gewesen sein!

Dann wurde ich auf eine riesige kalte, kahle Schule für große Jungen geschickt; wo alles, was wir zu essen und anzuziehen bekamen, dick und klumpig war, aber nie genug; wo jeder, ob groß, ob klein, grausam war; wo die Jungen alles über den Verkauf in unserem Haus wussten, ehe ich dort ankam, und mich fragten, wie viel sie denn für mich gezahlt hätten und wer mich gekauft hätte, und mir hinterherbrüllten: »Zum Ersten, zum Zweiten, zum Dritten!« An diesem schrecklichen Ort verriet ich mit keinem Sterbenswörtchen, dass ich einmal Harun gewesen war, der ein Serail hatte; denn ich wusste, wenn ich meinen Niedergang erwähnte, würde ich mir solche Sorgen machen, dass ich mich in dem schlammigen Teich beim Spielplatz ertränken müsste, der genauso aussah wie das Bier.

Oje! Oje! Kein anderer Geist hat je das Zimmer des Jungen heimgesucht, seit ich mich darin aufhalte, als der Geist meiner eigenen Kindheit, der Geist meiner eigenen Unschuld, der Geist meiner eigenen hochfliegenden Träume. Viele Male bin ich diesem Geist gefolgt; nie konnte ich mit meinen Männerschritten mit ihm mithalten; nie konnte ich ihn mit meinen Männerhänden ergreifen; niemals konnte ich mit meinem Männerherzen seiner reinen Unschuld gleichkommen. Und hier seht ihr mich so fröhlich und dankbar wie möglich mein Verhängnis erfüllen, indem ich im Spiegel stets wechselnde Kunden rasiere und mich mit dem Skelett, das man mir als sterblichen Gefährten zugewiesen hat, zu Bett lege und mit ihm wieder aufstehe.

Aus der Ausgabe von »All the Year Round« mit dem Titel »Das Spukhaus«, Weihnachten 1859.

Die Geschichte von den Kobolden, die einen Totengräber stahlen

In einer alten Klosterstadt in diesem Teil unserer Grafschaft amtierte vor langer, langer Zeit – so lange, dass die Geschichte wahr sein muss, denn unsere Urgroßväter glaubten sie unbedingt – als Küster und Totengräber auf dem Friedhof ein gewisser Gabriel Grub. Daraus, dass ein Mann Totengräber und ständig von den Sinnbildern der Sterblichkeit umgeben ist, folgt noch keineswegs, dass er ein grämlicher und schwermütiger Mensch sein muss; unsere Leichenbestatter sind die fröhlichsten Burschen der Welt, und einmal hatte ich die Ehre, mit einem Begräbniswärter befreundet zu sein, der im Privatleben und in seiner Freizeit ein so drolliger und lustiger kleiner Kerl war, wie nur je einer ein unbekümmertes Liedchen zwitscherte, ohne ein Stocken in seinem Gedächtnis, und der den steifen Inhalt eines tüchtigen Glases leerte, ohne Atem zu holen. Doch ungeachtet dieser Gegenbeispiele war Gabriel Grub ein boshafter, widerborstiger und sauertöpfischer

Kerl – ein grämlicher und einsamer Mensch, der mit niemandem Umgang hatte als mit sich selbst und einer alten Korbflasche, die in seine geräumige, tiefe Westentasche passte –, der jedes fröhliche Gesicht, das an ihm vorbeizog, mit einem so abgrundtief boshaften und übellaunigen Blick bedachte, dass man ihm schwerlich zu begegnen vermochte, ohne sich deswegen übler zu fühlen.

Kurze Zeit vor der Dämmerung an einem Weihnachtsabend schulterte Gabriel seinen Spaten, zündete seine Laterne an und machte sich auf den Weg nach dem alten Friedhof, denn er musste bis zum nächsten Morgen ein Grab geschaufelt haben, und da er sich sehr niedergeschlagen fühlte, meinte er, es könne vielleicht seine Stimmung heben, wenn er seine Arbeit gleich fortsetzte. Als er so die alte Straße entlangging, sah er den fröhlichen Schein flackernder Feuer durch die alten Fenster schimmern und hörte das laute Lachen und den frohen Jubel derer, die sich darum geschart hatten; er vermerkte die geschäftigen Vorbereitungen für das Festmahl am nächsten Tag und roch die zahllosen lieblichen Düfte davon, die in Wolken aus den Küchenfenstern dampften. All das war Bitterkeit und Wermut für Gabriel Grubs Herz, und als Kinderscharen aus den Häusern sprangen, über die Straße hüpften und, ehe sie noch an die Tür gegenüber klopfen konnten, von einem halben Dutzend kleiner lockenköpfiger Rangen umringt wurden, die ihnen schon entgegengeeilt waren und mit ihnen treppauf stoben, um den Abend bei ihren Weihnachtsspielen zu verbringen, lächelte Gabriel grimmig, umklammerte den Griff seines Spatens fester und dachte an Masern, Scharlachfieber, Mundfäule, Keuchhusten und noch viele andere Quellen des Trostes.

In dieser glücklichen Gemütsverfassung schritt Gabriel einher und antwortete mit einem kurzen, mürrischen Knurren auf den gutmütigen Gruß hin und wieder an ihm vorbeikommender Nachbarn, bis er in die dunkle Gasse bog, die zum Friedhof führte. Gabriel hatte sich schon danach gesehnt, diese dunkle Gasse zu erreichen, denn sie war im Grunde genommen ein recht düsteres, trauriges Fleckchen Erde, und die Bewohner der Stadt legten keinen großen Wert darauf, sie, außer bei hellem Tageslicht und Sonnenschein, zu betreten; deshalb war er auch nicht wenig entrüstet, als er in diesem Heiligtum, das seit den Tagen des alten Klosters und der Zeit der geschorenen Mönche die Sarggasse hieß, einen kleinen Schelm mit lauter Stimme ein lustiges Lied von einer fröhlichen Weihnacht singen hörte. Als Gabriel weiterging und die Stimme näher kam, entdeckte er, dass sie einem kleinen Jungen gehörte, der sich sputete, bei einer der kleinen Festlichkeiten in der alten Straße mitzuhalten, und nun, teils um sich selbst Gesellschaft zu leisten, teils um sich auf das Ereignis vorzubereiten, aus vollen Lungen sein Liedchen sang. Also wartete Gabriel, bis der Bub heran war, drängte ihn dann in einen Winkel und schlug ihm fünf-, sechsmal seine Laterne über den Kopf, um ihn seine Stimme modulieren zu lehren. Und als der Bub, die Hand am Kopf, davonlief und nun eine ganz andere Melodie sang, kicherte Gabriel Grub von Herzen in sich hinein und betrat den Friedhof, dessen Tor er hinter sich schloss.

Er legte seinen Rock ab, stellte seine Laterne nieder, stieg in das unfertige Grab und arbeitete etwa eine Stunde lang mit allerbestem Willen. Doch die Erde war durch den Frost hart geworden, und es war nicht leicht, sie aufzubrechen und auszuschaufeln, und obgleich der Mond schien, warf er nur wenig Licht auf das Grab, das im Schatten der Kirche lag, weil es ein sehr junger Mond war. Zu anderer Zeit hätten dergleichen Behinderungen Gabriel Grub sehr verdrießlich und unglücklich gemacht, aber nun freute es ihn so sehr, dem kleinen Bub das Singen ausgetrieben zu haben, dass er wenig darauf achtete, wie spärliche Fortschritte er machte, und mit grimmiger Genugtuung in das Grab niederblickte, als er die Arbeit für diesen Abend beendet hatte, und, während er seine Sachen einsammelte, vor sich hin murmelte:

Schöne Wohnung für einen frei,
Ein paar Fuß kalte Erde, ist das Leben vorbei,
Zu Häupten ein Stein, zu Füßen ein Stein,
Ein saftiges Festmahl für Würmer wirst sein;
Ein Dach fetten Grases, rundum feuchter Lehm,
In geheiligtem Boden wohnt sich's bequem!

»Hoho!«, lachte Gabriel Grub, während er sich auf eine flache Grabplatte setzte, die sein liebster Ruheplatz war, und seine Korbflasche hervorholte. »Ein Sarg zu Weihnachten! Ein Weihnachtsgeschenk. Hohoho!«

»Hohoho!«, wiederholte eine Stimme dicht neben ihm.

Gabriel hielt etwas erschrocken in dem Werk inne, die Korbflasche an die Lippen zu heben, und sah sich um. Der Grund des ältesten Grabes ringsum konnte nicht stiller und friedlicher sein als der Kirchhof im bleichen Mondlicht. Der eisige Raureif glitzerte auf den Grabmalen und funkelte wie Ketten von Edelsteinen in den steinernen Bildwerken der alten Kirche. Hart und spröde lag der Schnee über dem

Boden und breitete eine so weiße und glatte Decke über die dicht beieinanderliegenden Erdhügel, dass es aussah, als lägen dort Leichname, die nur ihr Sterbehemd einhüllte. Nicht das leiseste Rascheln durchbrach die tiefe Stille des feierlichen Bildes. Jeder Laut schien eingefroren zu sein, so kalt und still war alles.

»Es war das Echo«, sagte Gabriel Grub und hob abermals die Flasche an die Lippen. »Mitnichten«, sagte eine tiefe Stimme.

Gabriel sprang auf und stand vor Staunen und Entsetzen wie angewurzelt, denn seine Augen ruhten auf einer Gestalt, die ihm das Blut gefrieren ließ.

Auf einem aufrecht stehenden Grabstein, dicht vor ihm, saß ein sonderbares, unirdisches Wesen, das kein Geschöpf dieser Welt sein konnte, das fühlte Gabriel sofort. Seine langen, wunderlichen Beine, die wohl bis auf den Boden gereicht hätten, hatte es hochgezogen und auf eine merkwürdige und ganz ausgefallene Art gekreuzt, die sehnigen Arme waren bloß, und seine Hände ruhten auf den Knien. Sein kurzer, rundlicher Leib steckte in einer mit Schlitzen gezierten enganliegenden Hülle, und ein Mäntelchen baumelte über seinem Rücken; dessen Kragen war zu zierlichen Spitzen ausgeschnitten, die dem Kobold als Halskrause oder als Halsbinde dienten, und seine Schuhe bogen sich an den Zehen zu langen Haken empor. Auf dem Kopf trug er ein breitkrempiges zuckerhutähnliches Gebilde mit einer einzigen Feder. Weißer Raureif bedeckte den Hut, und der Kobold sah aus, als säße er auf dem nämlichen Grabstein höchst bequem bereits an die zwei- oder dreihundert Jahre. Er saß völlig gelassen da, hatte wie zum Hohn die Zunge ausgestreckt und grinste Gabriel Grub mit einem Grinsen an, wie es nur ein Kobold aufzubieten vermag.

»Es war mitnichten das Echo«, sagte der Kobold.

Gabriel Grub war wie gelähmt und vermochte nicht zu antworten.

»Was tust du hier am Weihnachtsabend?«, fragte der Kobold streng.

»Ich kam, ein Grab zu schaufeln, Sir«, stammelte Gabriel Grub.

»Welcher Mensch treibt sich an einem Abend wie diesem zwischen Gräbern und auf Kirchhöfen herum?«, schrie der Kobold.

»Gabriel Grub! Gabriel Grub!«, kreischte ein wüster Chor von Stimmen, die den ganzen Friedhof zu erfüllen schienen. Gabriel blickte ängstlich in die Runde – nichts war zu sehen.

»Was hast du in jener Flasche?«, fragte der Kobold.

»Holländischen Genever, Sir«, antwortete der Totengräber und schlotterte noch heftiger, denn er hatte ihn von Schmugglern gekauft und dachte, sein Fragesteller könne womöglich dem Akziseamt der Kobolde angehören.

»Wer trinkt an einem Abend wie diesem allein und auf einem Kirchhof holländischen Genever?«, sagte der Kobold.

»Gabriel Grub! Gabriel Grub!«, schrien abermals die wüsten Stimmen.

Der Kobold warf einen boshaften Blick auf den entsetzten Totengräber und rief sodann mit erhobener Stimme: »Wer ist demnach unsere gerechte und gesetzmäßige Beute?«

Auf diese Frage antwortete der unsichtbare Chor mit einem Gesang, der wie die Stimmen vieler Choristen zum mächtigen Crescendo der alten Kirchenorgel klang – einem Gesang, den ein ungestümer Wind zu des Totengräbers Ohren zu tragen schien und der erstarb, als er weiterfegte; aber der Kehrreim der Antwort war immer noch der nämliche: »Gabriel Grub! Gabriel Grub!«

Der Kobold grinste ihn mit einem noch breiteren Grinsen als zuvor an, während er fragte: »Nun, Gabriel, was sagst du dazu?«

Der Totengräber schnappte nach Luft.

»Was hältst du von diesen hier, Gabriel?«, fragte der Kobold, stieß zu beiden Seiten des Grabsteins die Füße in die Luft und blickte mit so großem Wohlgefallen auf die nach oben gebogenen Spitzen, als betrachte er die modernsten Langschäfter in der ganzen Bond Street.

»Sie sind – sie sind – sehr ungewöhnlich, Sir«, erwiderte der Küster, halb tot vor Angst, »sehr ungewöhnlich und sehr hübsch, aber ich denke, ich werde jetzt wieder zurückgehen und meine Arbeit beenden, Sir, wenn's beliebt.«

»Arbeit?«, sagte der Kobold. »Was für Arbeit?«

»Das Grab, Sir, das Grab schaufeln«, stotterte der Totengräber.

»Oh, das Grab, wie?«, sagte der Kobold. »Wer schaufelt Gräber zu einer Zeit, da alle anderen Menschen fröhlich sind, und findet noch Vergnügen daran?«

Wieder antworteten die geheimnisvollen Stimmen: »Gabriel Grub! Gabriel Grub!«

»Ich fürchte, meine Freunde verlangen nach dir, Gabriel«, sagte der Kobold und streckte in seiner Unverschämtheit die Zunge noch weiter heraus denn je – und eine ganz erstaunliche Zunge war es –, »ich fürchte, meine Freunde verlangen nach dir, Gabriel«, sagte der Kobold.

»Mit Verlaub, Sir«, erwiderte der von Grauen gepackte Totengräber, »das kann wohl nicht angehen, Sir, sie kennen mich ja nicht, Sir, ich glaube nicht, dass mich die Herren je gesehen haben, Sir.«

»O doch«, erwiderte der Kobold, »wir kennen den Mann mit dem mürrischen Gesicht und der grimmigen Miene, der heute Abend durch die Straße ging und böse Blicke auf die Kinder warf und seinen Totengräberspaten fester packte. Wir kennen den Mann, der in der neidischen Bosheit seines Herzens den Jungen schlug, weil der Bub fröhlich sein konnte und er nicht. Wir kennen ihn, wir kennen ihn.«

Hierauf brach der Kobold in ein lautes, schrilles Lachen aus, das die Echos zwanzigfach zurückgaben, warf auf der schmalen Kante des Grabsteins die Beine in die Luft und stellte sich auf den Kopf oder vielmehr auf die Spitze seines Zuckerhutes, worauf er mit außerordentlicher Geschicklichkeit einen Purzelbaum genau vor die Füße des Totengräbers schlug und sich in der Haltung hinpflanzte, wie die Schneider auf ihren Werktischen zu sitzen pflegen.

»Ich – ich – fürchte, ich muss Sie verlassen, Sir«, sagte der Totengräber, bestrebt, sich zu entfernen.

»Uns verlassen?«, rief der Kobold. »Gabriel Grub will uns verlassen? Hohoho!«

Während der Kobold lachte, bemerkte der Totengräber für einen Augenblick einen hellen Schein in den Fenstern der Kirche, als wäre das ganze Gebäude erleuchtet; er verschwand, die Orgel dröhnte eine muntere Weise, und ganze Trupps von Kobolden, jeder eine haargenaue Kopie des ersten, strömten in den Friedhof und begannen über die Grabsteine Bockspringen zu veranstalten, ohne auch nur einen Augenblick zum Atemholen innezuhalten, dagegen setzten sie einer nach dem anderen mit einer Behändigkeit sondergleichen über die höchsten Grabsteine hinweg. Der erste Kobold war ein ganz wunderbarer Springer, keiner von den anderen konnte an ihn heranreichen, selbst in seiner unmäßigen Angst entging es dem Totengräber nicht, dass der erste im Gegensatz zu seinen Freunden, die sich damit begnügten, über Grabsteine von gewöhnlichem Umfang zu springen, mit einer Leichtigkeit über Familiengrüfte samt Eisengittern und allem hinwegsetzte, als wären es Prellsteine.

Schließlich erreichte das Spiel einen ungemein erregenden Höhepunkt, die Orgel spielte schneller und schneller, und die Kobolde sprangen rascher und rascher, rollten sich zusammen, kugelten köpflings über den Boden und hüpften wie Fußbälle über die Grabsteine. Dem Totengräber wirbelte vom Anblick der geschwinden Bewegung der Kopf, und die Beine wankten unter ihm, während die Geister vor seinen Augen umherflogen; da stürzte sich plötzlich der Koboldkönig auf ihn, packte ihn am Kragen und fuhr mit ihm in die Erde hinab.

Als Gabriel Grub Zeit hatte, Atem zu schöpfen, den ihm die Geschwindigkeit der Niederfahrt für eine Weile genommen hatte, sah er sich in etwas wie einer großen Höhle, rings umgeben von einer Unmenge hässlicher und grimmiger Kobolde; in der Mitte des Raumes thronte auf einem erhöhten Sitz sein Freund vom Kirchhof, und dicht neben ihm stand er selbst, Gabriel Grub, außerstande, sich zu rühren.

»Kalt heute Abend«, sagte der König der Kobolde, »sehr kalt. Ein Glas Warmes her!«

Auf diesen Befehl hin verschwanden eilends ein halbes Dutzend dienstfertiger Kobolde, die Gabriel Grub wegen des ständigen Lächelns auf ihren Gesichtern für Höflinge hielt, und kehrten sogleich mit einem Humpen flüssigen Feuers zurück, den sie dem König kredenzten.

»Ah!«, rief der Kobold, dessen Wangen und Kehle durchscheinend wurden, als er die Flamme hintergoss. »Das wärmt einen wirklich! Bringt Mr. Grub einen Humpen vom selben.«

Vergeblich beteuerte der unglückliche Totengräber, dass es nicht seine Gewohnheit sei, zur Nacht etwas Warmes zu trinken; einer von den Kobolden hielt ihn fest, während ihm ein anderer die lodernde Flüssigkeit in die Kehle goss, und die ganze Versammlung kreischte vor Gelächter, als er hustete und würgte und sich die Tränen abwischte, die ihm aus den Augen strömten, nachdem er den brennenden Trank geschluckt hatte.

»Und nun«, sagte der König und piekte dem Totengräber in seiner launigen Art die Spitze seines Zuckerhutes ins Auge, was Gabriel Grub die heftigste Pein bereitete, »und nun zeigt dem Mann der Trübsal und Düsternis ein paar Bilder aus unserer großen Schatzkammer!«

Bei diesen Worten des Kobolds wälzte sich eine dicke Wolke, die den Hintergrund der Höhle verdunkelt hatte, allmählich beiseite und enthüllte, anscheinend in großer Entfernung, eine kleine und spärlich eingerichtete, aber schmucke und reinliche Stube. Eine Schar kleiner Kinder hatte sich um ein helles Feuer versammelt, klammerte sich an das Kleid der Mutter und hüpfte um ihren Stuhl herum. Hin und wieder stand die Mutter auf und zog den Fenstervorhang zur Seite, als halte sie Ausschau nach jemandem, den sie erwartete; ein einfaches Mahl stand auf dem Tisch, und ein Armstuhl war vor das Feuer gestellt. Ein Klopfen an der Tür ließ sich hören, die Mutter öffnete, und die Kinder umdrängten sie und klatschten vor Freude in die Hände, als ihr Vater eintrat. Er war nass und müde und schüttelte den Schnee aus seinen Kleidern, während ihn die Kinder umringten und ihm mit geschäftigem Eifer Mantel, Hut, Stock und Handschuhe abnahmen und damit aus der Stube liefen. Als er sich dann zu Tisch vor das Feuer setzte, kletterten ihm die Kinder auf die Knie und umsprangen ihn, während die Mutter sich neben ihn setzte, und alles schien Glück und Behagen.

Doch fast unmerklich kam eine Veränderung über das Bild. Der Schauplatz war jetzt eine kleine Schlafstube, in der das schönste und jüngste Kind im Sterben lag; die Rosen waren von seinen Wangen geschwunden und das Licht aus seinen Augen, und just als der Totengräber es mit einer Teilnahme betrachtete, die er nie zuvor gefühlt oder gekannt hatte, starb es. Seine kleinen Brüder und Schwestern drängten sich um das Bettchen und ergriffen seine winzige Hand, die so kalt und schwer war, schraken jedoch zurück bei der Berührung und blickten mit ehrfurchtsvoller Scheu auf sein kindliches Gesicht, denn so still und reglos es war und obgleich das schöne Kind in Ruhe und Frieden zu schlafen schien, sahen sie, dass es tot war, und wussten, daß es ein Engel war und aus einem hellen und glücklichen Himmel auf sie niederblickte und sie segnete.

Wieder zog eine leichte Wolke über das Bild, und wieder änderte sich sein Gegenstand. Vater und Mutter waren jetzt alt und hilflos, und die Zahl der Ihrigen hatte sich um mehr als die Hälfte verringert, aber Zufriedenheit und Frohsinn lagen auf jedem Gesicht und strahlten aus aller Augen, da sie sich um den Kamin scharten und die alten Geschichten aus früherer und vergangener Zeit erzählten und ihnen lauschten. Sacht und friedvoll sank der Vater ins Grab, und bald darauf folgte ihm die Gefährtin all seiner Sorgen und Mühen in die letzte Ruhestatt. Die wenigen, welche die Eltern überlebten, knieten an ihrem Grab und begossen den grünen Rasen, der es deckte, mit ihren Tränen; dann standen sie auf und gingen fort, betrübt und traurig, aber nicht mit bitterem Jammern oder verzweifelten Klagen, denn sie wussten, dass sie sie eines Tages wiedersehen würden; aufs Neue mengten sie sich unter die geschäftige Welt, und ihre Zufriedenheit und ihr Frohsinn waren ihnen zurückgegeben. Die Wolke legte sich über das Bild und verbarg es dem Blick des Totengräbers.

»Was hältst du davon?«, fragte der Kobold und wandte Gabriel Grub sein breites Gesicht zu.

Gabriel murmelte etwas, dass es sehr hübsch sei, und blickte irgendwie beschämt drein, als der Kobold seine feurigen Augen auf ihn heftete.

»Was für ein erbärmlicher Mensch bist du doch!«, sagte der Kobold in einem Ton tiefster Verachtung. »Du ...!« Er schien noch etwas hinzufügen zu wollen, aber die Empörung erstickte seine Worte, so hob er eines seiner geschmeidigen Beine empor, schwenkte es ein wenig über dem Kopf, um sich seines Zieles zu vergewissern, und versetzte alsdann Gabriel Grub einen tüchtigen, derben Fußtritt, worauf sich unverzüglich alle diensthabenden Kobolde um den unglücklichen Totengräber drängten und ihn unbarmherzig mit Fußtritten bearbeiteten, nach der feststehenden und unwandelbaren Gewohnheit aller Höflinge auf Erden, die treten, wen die Majestät tritt, und hätscheln, wen die Majestät hätschelt.

»Zeigt ihm noch mehr!«, befahl der König der Kobolde.

Bei diesen Worten zerteilte sich die Wolke, und eine üppige, schöne Landschaft bot sich dem Blick dar – so eine, wie sie noch heutigentags eine halbe Meile von der alten Klosterstadt entfernt zu sehen ist. Die Sonne schien aus dem klaren blauen Himmel, das Wasser funkelte unter ihren Strahlen, und die Bäume sahen grüner und die Blumen bunter aus unter ihrem erheiternden Einfluss. Das Wasser plätscherte lieblich dahin, die Bäume rauschten in dem leichten Wind, der in den Blättern murmelte, die Vögel sangen auf den Zweigen, und die Lerche jubelte hoch in der Luft dem Morgen ihr Willkommen zu. Ja, es war Morgen, der strahlende, balsamische Morgen des Sommers; das winzigste Blatt, der kleinste Grashalm waren durchdrungen von Leben. Die Ameise krabbelte an ihr Tagewerk, der Schmetterling flatterte und badete in den warmen Sonnenstrahlen, Myriaden von Insekten breiteten ihre durchsichtigen Flügel aus und genossen ihr kurzes, aber glückliches Dasein. Beseligt von dem Anblick, wanderte der Mensch, und alles war Glanz und Herrlichkeit.

»Was für ein erbärmlicher Mensch bist du doch!«, sagte der König der Kobolde in noch verächtlicherem Ton als zuvor. Und wieder schwenkte der König der Kobolde sein Bein, wieder stieß sein Fuß auf die Schultern des Totengräbers hinab, und wieder ahmten die diensttuenden Kobolde das Beispiel ihres Oberhauptes nach.

Viele Male ging und kam die Wolke, und so manche Lehre erteilte sie Gabriel Grub, der, obgleich seine Schultern von den häufigen Fußtritten heftig schmerzten, mit einer Teilnahme zuschaute, die nichts verringern konnte. Er sah, dass Menschen, die hart arbeiteten und ihr karges Brot durch ein Leben in Plackerei erwarben, heiter und glücklich waren und dass noch dem Einfältigsten das liebliche Antlitz der Natur ein nie versiegender Quell der Heiterkeit und Freude war. Er sah solche, die von der Wiege an zärtlich und liebevoll erzogen worden waren, heiter unter Entbehrungen und erhaben über Leiden, die viele von gröberem Schlag zu Boden gedrückt hätten, weil jene die wesentlichen Voraussetzungen für Glück, Zufriedenheit und Gemütsruhe im Busen trugen. Er sah, dass Frauen, die zartesten und zerbrechlichsten aller Geschöpfe Gottes, am häufigsten über Kummer, Ungemach und Not triumphierten, und erkannte, dass sie es vermochten, weil sie einen unerschöpflichen Born der Liebe und Hingabe im Herzen bargen. Vor allem erkannte er, dass Menschen wie er, die über die Freude und den Frohsinn anderer murrten, das widerwärtigste Unkraut im schönen Antlitz der Erde waren, und indem er alles Gute der Welt gegen das Böse stellte, kam er zu dem Schluss, dass es alles in allem eine sehr anständige und achtbare Welt war. Kaum war er zu diesem Ergebnis gelangt, als sich die Wolke, die sich über dem letzten Bild zusammenzog, auf seine Sinne zu senken und ihn einzuschläfern schien. Einer nach dem anderen entschwanden die Kobolde seinem Blick, und als der letzte fort war, fiel er in Schlummer.

Der Tag war angebrochen, als Gabriel Grub erwachte und sich der Länge nach auf der flachen Grabplatte im Friedhof liegen sah, neben sich die leere Korbflasche, und Rock, Spaten und Laterne, alles weiß bereift vom Frost der letzten Nacht, auf dem Boden verstreut. Der Stein, auf dem er den Kobold zuerst hatte sitzen sehen, stand bolzengerade vor ihm, und das Grab, an dem er am Abend zuvor gearbeitet hatte, war nicht weit entfernt. Anfangs zweifelte er an der Echtheit seiner Abenteuer, aber der stechende Schmerz in den Schultern, als er aufzustehen versuchte, überzeugte ihn, dass die Fußtritte der Kobolde gewiss keine Einbildung waren. Er wurde abermals stutzig, als er keine Fußtapfen im Schnee bemerkte, wo die Kobolde mit den Grabsteinen Bockspringen veranstaltet hatten, fand jedoch rasch eine Erklärung für diesen Umstand, da er sich erinnerte, dass sie ja als Geister keine sichtbaren Eindrücke hinterlassen würden. Also rappelte sich Gabriel Grub, so gut er es bei den Schmerzen im Rücken vermochte, auf, wischte den Reif von seinem

Rock, zog ihn an und kehrte sein Gesicht der Stadt zu.

Doch er war ein gewandelter Mensch und konnte den Gedanken nicht ertragen, an einen Ort zurückzukehren, wo man seiner Reue spotten und seiner Bekehrung keinen Glauben schenken würde. Er zögerte einige Augenblicke und wandte sich dann fort, aufs Geratewohl loszuwandern und seinen Broterwerb anderswo zu suchen.

Die Laterne, der Spaten und die Korbflasche wurden an jenem Tag auf dem Friedhof gefunden. Anfangs gab es eine Unmenge Vermutungen über das Schicksal des Totengräbers, doch bald entschied man sich dahin, dass er von den Kobolden geholt worden sei, und es fehlte nicht an etlichen höchst glaubwürdigen Zeugen, die deutlich gesehen hatten, wie er von einem auf einem Auge blinden Braunen mit der Hinterhand eines Löwen und dem Schwanz eines Bären durch die Luft entführt wurde. Schließlich wurde all das ehrlich geglaubt, und der neue Küster und Totengräber pflegte den Neugierigen ein beträchtliches Stück des Kirchturmwetterhahns zu zeigen, das von besagtem Ross bei seinem Lufttritt zufällig abgeschlagen und von ihm persönlich ein, zwei Jahre später auf dem Friedhof gefunden worden war.

Leider wurde diese Geschichte ein wenig erschüttert, als etwa zehn Jahre später Gabriel Grub selbst wieder auftauchte, ein zerlumpter, zufriedener, vom Zipperlein geplagter alter Mann. Er erzählte dem Geistlichen und auch dem Bürgermeister seine Geschichte, und im Laufe der Zeit begann sie als eine historische Begebenheit anerkannt zu werden und ist in dieser Form bis zum heutigen Tag erhalten geblieben. Die an das Wetterhahnmärchen geglaubt hatten, waren, nachdem sie ihr Vertrauen einmal übel angebracht hatten, nicht so leicht zu bewegen, es abermals zu verschenken, folglich blickten sie so weise, wie es ihnen möglich war, zuckten die Achseln, tippten sich an die Stirn und murmelten etwas der Art, Gabriel Grub habe den ganzen holländischen Genever getrunken und sei dann auf der Grabplatte eingeschlafen, und was er in der Koboldhöhle mit eigenen Augen gesehen zu haben glaubte, erklärten sie gern damit, dass er sich inzwischen in der Welt umgetan habe und klüger geworden sei. Aber diese Ansicht, die zu keiner Zeit viel Anklang fand, schwand allmählich, und wie sich die Sache auch immer verhalten mag, da Gabriel Grub bis ans Ende seiner Tage vom Zipperlein geplagt wurde, hat diese Geschichte, sofern sie nichts Besseres lehrt, wenigstens eine Moral: Wenn ein Mensch zur Weihnachtszeit den Übellaunigen herauskehrt und für sich allein trinkt, kann er sich darauf gefasst machen, dass sich sein Befinden deswegen um keinen Deut bessern wird, mag das geistige Getränk noch so gut sein oder sogar um viele Grade stärker als das, was Gabriel Grub in der Koboldhöhle erlebte.

Aus »Die Pickwickier«, Band 1, Kapitel 29.

Inhalt

Die sieben armen Reisenden   5
Der Baron von Grogzwig   61
Weihnachtsgeister   81
Der Rechtsanwalt und der Geist   95
Vier Gespenstergeschichten   101
Die Geschichte des Porträtmalers   127
Mr. Testators Heimsuchung   163
Der Signalwärter   171
Ein Kindertraum von einem Stern   200
Bestens verbürgte Klopfzeichen   207
Der Geist im Zimmer des jungen Herrn B.   223
Die Geschichte von den Kobolden, die einen
    Totengräber stahlen   247

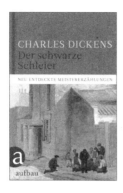

CHARLES DICKENS
Der schwarze Schleier
Neu entdeckte Meistererzählungen
Aus dem Englischen
von Ulrike Seeberger
384 Seiten. Leinen, Leseband
ISBN 978-3-351-03368-2
Auch als E-Book erhältlich

Der unbekannte Dickens

Für seine Romane wird Charles Dickens (1812–1870) in der ganzen Welt geschätzt. Aber der große Romancier des Viktorianischen Zeitalters schrieb auch eine Vielzahl von Skizzen, Porträts und Geschichten, von denen nur die Weihnachtserzählungen in Deutschland Berühmtheit erlangten. Von allen anderen Texten, die er meist in Zeitschriften veröffentlichte, wurden nur wenige je ins Deutsche übersetzt. Die in diesem Band versammelten Meistererzählungen stammen überwiegend aus der späten Schaffensphase des Autors.

Mehr Informationen erhalten Sie unter www.aufbau-verlag.de
oder in Ihrer Buchhandlung